Cet hiver-là, à Easton...

Ouvrage publié originellement par Simon Pulse,
une marque de Simon & Schuster Children's Publishing Division
sous le titre :
Last Christmas

18, rue Barbès 92128 Montrouge Cedex
ISBN : 978-2-7470-2841-7
Dépôt légal : janvier 2012
Loi n° 49-956 du 16 juillet 1949 sur les publications destinées à la jeunesse.

Kate Brian

Cet hiver-là, à Easton…

Traduit de l'anglais (États-Unis) par Sidonie Van den Dries

bayard jeunesse

Kate Brian est l'auteure de nombreux romans pour adolescents, dont *Une princesse peut en cacher une autre*, chez Bayard Jeunesse, collection MilléZime.
Dans la série *Campus*, vous pouvez lire *Bienvenue à Easton* (vol. 1), *Sur invitation* (vol. 2), *Intouchables* (vol. 3), *Confessions* (vol. 4), *Nouveau départ* (vol. 5), *Héritage* (vol. 6), *Ambition* (vol. 7) et *Révélations* (vol. 8).

Pour Lanie, qui a tout rassemblé.

Prologue
Octobre, année de terminale

La lumière blanche des phares trouait l'obscurité. Ariana Osgood quitta la deux-voies pour bifurquer sur une petite route qui s'enfonçait entre les arbres à la périphérie d'Easton, dans le Connecticut. Elle jeta un coup d'œil anxieux dans le rétroviseur.

« Calme-toi, Ariana. Calme-toi. »

Personne ne l'avait suivie, elle en était sûre à présent. Personne ne l'avait vue sortir en catimini de Billings et démarrer la Range Rover de Josh Hollis. Personne ne savait qu'elle reprenait en sens inverse la route empruntée moins d'une heure plus tôt avec ses amies Noëlle Lange, Kiran Hayes et Taylor Bell. Elle revenait chercher Thomas et personne ne savait pourquoi elle devait absolument le trouver. Ses secrets – leurs secrets – étaient bien gardés.

Des cailloux et des mottes de terre jaillirent sous les pneus du véhicule lorsque Ariana quitta l'asphalte pour couper à travers prés. Elle se pencha vers le pare-brise en plissant les yeux. La nuit était d'encre.

Thomas était là, quelque part. Elle lui parlerait, lui expliquerait patiemment, et il comprendrait tout. Il comprendrait qu'il perdait son temps avec Reed Brennan. Que cette fille n'avait que l'attrait de la nouveauté. Ariana lui éviterait ainsi de commettre une grave erreur. Il comprendrait qu'il était fait pour être avec elle, et personne d'autre.

Une forme se découpa soudain dans la lumière des phares. Une silhouette. Un corps ligoté à un piquet, affaissé.

Thomas.

Ariana enfonça la pédale du frein et donna un brusque coup de volant, l'évitant de peu. Elle ouvrit la portière d'une main tremblante et sortit de l'habitacle en laissant les phares allumés.

– Thomas !

Sa voix lui sembla minuscule dans cette étendue déserte, à ciel ouvert. Thomas dodelina de la tête, son menton tomba sur sa poitrine. Il grommela quelques mots inintelligibles. Ariana fixa sa silhouette avec un mélange d'effroi et d'incrédulité. L'avait-elle réellement abandonné dans cet état : les bras et les jambes attachés au piquet, un sac de toile sur la tête ? En voyant son torse couvert d'égratignures, elle se rappela que ses amies l'avaient fouetté avec des brindilles. Du sang séché formait une croûte sur son épaule. Sa chemise traînait par terre à côté de la batte de base-ball que Noëlle avait oublié d'emporter, tout à l'heure.

Ariana sentit l'angoisse lui serrer la gorge. Comment avait-elle pu laisser les filles le traiter ainsi ? Contrairement à ses amies, elle n'avait jamais voulu le faire souffrir. Elle s'était contentée d'exécuter le plan de Noëlle, craignant d'éveiller ses soupçons si elle s'y opposait.

– Thomas.

Il tressaillit lorsqu'elle effleura sa peau moite.

– Thomas, c'est moi, fit-elle d'une voix étranglée.

Elle retira le sac qui lui couvrait la tête et plaqua une main sur sa bouche pour réprimer un haut-le-cœur. Thomas avait l'air presque... mort. Ses boucles brunes étaient collées sur son visage livide, trempé de sueur.

– Je suis là. Tout va bien maintenant, chuchota-t-elle, autant pour se rassurer elle-même que pour le soulager.

Elle s'attaqua au nœud qui lui entravait les poignets.

– Ça va aller. Je suis revenue m'occuper de toi.

Le nœud refusait de céder. Ariana se maudit d'avoir oublié de prendre un couteau, ou des ciseaux.

Thomas battit faiblement des paupières.

– T'occuper de moi ? répéta-t-il d'une voix grinçante.

– Oui, bien sûr.

Ariana était confiante. Thomas lui serait tellement reconnaissant d'être revenue le sauver, d'avoir protégé leur secret à tout prix, qu'il ne songerait plus à la quitter. Tout redeviendrait comme avant, en mieux. Ils seraient enfin officiellement ensemble, comme ils l'avaient prévu. Comme il le lui avait promis.

– Dégage ! siffla-t-il.

Elle sursauta comme s'il l'avait giflée. Jamais Thomas ne lui avait parlé ainsi. Elle enfonça ses ongles dans ses paumes et tenta de se rassurer en se disant qu'il était encore soûl. Ses mots dépassaient sa pensée. Il l'aimait. Il voulait être avec elle. Elle en était sûre. Il fallait juste qu'elle lui rafraîchisse la mémoire.

– Thomas, je suis venue t'aider...

Sa voix implorante trahissait sa faiblesse. Ariana détestait avoir l'air faible. Elle fit une nouvelle tentative pour dénouer la corde.

– Je...

– Ne me touche pas ! dit-il, plus fort.

Il plongea ses yeux bleus dans les siens. Ils exprimaient un profond dégoût.

– C'est toi qui m'as attaché. Tu crois que je ne le sais pas ? Tu crois que je n'ai pas reconnu ta voix ?

– Ce n'est pas moi ! se défendit Ariana. C'est Noëlle ! Je n'ai pas pu l'en empêcher !

Les yeux d'Ariana s'emplirent de larmes, brouillant sa vision. Ce n'était pas possible. Après tout ce qu'ils avaient vécu ensemble, ça ne pouvait pas finir ainsi.

– Jamais je ne t'aurais fait de mal, murmura-t-elle. Je t'aime. Et toi aussi, tu m'aimes. C'est obligé.

Une larme salée roula sur sa joue.

– Sinon quoi ? cracha-t-il.

Son regard la transperça comme une lame d'acier.

– Sinon quoi ? Qu'est-ce que tu comptes faire si je ne t'aime pas, Ariana ? Me tuer ?

Il laissa échapper un rire affreux.

– Comme tu as tué…

– Arrête ! Tu es soûl. Tu ne sais pas ce que tu dis. Tu divagues.

Thomas secoua la tête. Son rire mauvais continua de flotter dans l'air.

– Au contraire, dit-il d'une voix étranglée. Pour la première fois de ma vie, j'ai les idées claires. Tout me paraît limpide depuis que j'ai rencontré Reed.

– Je t'interdis de prononcer son nom ! rugit Ariana. Elle n'est pas comme nous, et tu le sais ! Elle n'est personne, Thomas. Personne !

– Elle est tout, au contraire ! hurla-t-il.

Il se pencha en avant, haletant.

– Tu ne comprends pas ? Elle est tout ce que tu n'es pas, Ariana. Je l'aime.

– Non, c'est moi que tu aimes ! Tout ce que j'ai fait, je l'ai fait pour toi. Pour nous.

– Il n'y a pas de « nous », répliqua Thomas.

– Pas de « nous » ? répéta-t-elle, atterrée.

Elle recula d'un pas et grimaça en prenant la mesure de sa vulnérabilité. Puis, maîtrisant tant bien que mal le tremblement de sa voix :

– Tu ne m'aimes pas ?

– Je ne t'aime plus. À cause de ces choses que tu as faites. Que *nous* avons faites.

Il se tut un instant. Quand il reprit la parole, sa voix était calme.

– Mais je vais arranger ça. Je vais réparer nos erreurs. Je n'ai pas le choix.

– Qu'est-ce que tu racontes ?

Ariana avait la gorge tellement serrée qu'elle avait du mal à respirer.

Comment pouvait-il ne plus l'aimer ? Il était *obligé* de l'aimer. C'était à cause de lui qu'elle avait fait tout ça. Seul leur amour rendait ces choses tolérables, légitimes. Comment pourrait-elle vivre sans lui ? Comment supporterait-elle de le voir avec Reed ? Cette idée lui révulsa l'estomac. Elle se mit à suffoquer.

« Inspire… Expire… »

– Je vais aller voir la police et je vais tout leur raconter. J'en ai assez de ces secrets. Je veux laver ma conscience.

Et pendant que je serai là-bas, j'en profiterai peut-être pour leur raconter ce que vous m'avez fait ce soir, toi et tes petites copines de Billings.

– Non. Non, non, non.

Ariana se plia en deux. Ce n'était pas possible. Elle était en plein cauchemar. Que s'était-il passé ? Pourquoi Thomas réagissait-il ainsi ?

– Tu vas tout gâcher. Ma vie sera fichue. S'il te plaît, le supplia-t-elle.

Elle tituba vers lui, trébucha sur un caillou et s'effondra à ses pieds en sanglotant.

– S'il te plaît, ne me fais pas ça.

– Je n'ai pas le choix. Reed mérite de connaître la vérité.

– Thomas...

Des larmes striaient le visage sale d'Ariana. Cet amour auquel elle avait tout sacrifié lui filait entre les doigts. Il ne lui resterait bientôt plus rien. Personne.

L'image floue d'une batte de base-ball se forma devant elle, à moins d'un mètre. Comme si elle flottait au-dessus d'elle-même, Ariana vit ses doigts se refermer sur le manche de bois, le soulever ; son corps se redresser lentement.

– Je ne peux pas te laisser me faire ça. Me détruire. Me quitter.

Il lui semblait entendre la voix d'une autre. Ariana Osgood, la très sage élève de l'académie d'Easton, n'aurait jamais parlé ainsi.

– Désolée, mais c'est impossible.

– Tu es folle, dit Thomas, résigné. J'aurais dû le savoir.

– Tais-toi ! ordonna-t-elle en levant la batte de base-ball.

– Exactement comme ta mère, ajouta-t-il, la défiant du regard.

– Arrête ! hurla-t-elle.

Son visage ruisselait de larmes.

– Je ne suis pas comme elle !

– Bien sûr que si ! Tu es complètement mala…

« On ne sait jamais de quoi les gens sont capables tant qu'ils n'ont pas été poussés à bout, Ariana », fit une voix dans sa tête.

Le bruit effroyable de la batte frappant la cage thoracique de Thomas la fit sursauter. Un cri guttural, primitif, lui échappa. Les hurlements de Thomas se mêlèrent aux siens et bientôt, elle fut incapable de les distinguer. Les appels au secours, les supplications, le son caverneux des coups qu'elle portait lui donnaient le vertige. Elle aspirait au silence. Elle leva la batte au-dessus de sa tête une dernière fois et ferma les yeux.

Et ce fut le noir.

Paparazzi
Décembre, année de première

Ariana Osgood n'avait qu'une envie : rentrer se coucher.

C'était ridicule, bien sûr. Elle était dans la salle de bal de l'Hôtel Driscoll, en train d'assister à la fête la plus décadente de l'année. Une fête qu'elle attendait avec impatience depuis trois mois, au point qu'elle avait entouré la date en rouge sur son agenda.

Réfugiée à la lisière de la salle, elle regardait les élèves de l'académie d'Easton aller et venir autour d'elle, discuter et danser, en songeant qu'elle aurait de loin préféré être à Billings avec ses amies. Ses quasi-sœurs. À Billings, la vie était simple. Il lui suffisait d'être elle-même. Elle n'avait pas de rôle à jouer.

Ariana effleura ses cheveux blonds, vérifiant pour la énième fois la bonne tenue de son chignon élaboré. Bien qu'elle l'ait momentanément oublié, ce genre de soirée l'avait toujours mise mal à l'aise. Elle se tenait sur ses gardes, persuadée qu'elle allait tôt ou tard faire une remarque idiote, renverser quelque chose et être la risée de tous. L'horreur.

Pour s'accorder un moment de détente, elle s'était adossée à une colonne de marbre, invisible depuis la table où étaient installés ses camarades et son petit ami, Daniel Ryan. Ils allaient bientôt remarquer son absence, la débusqueraient derrière sa colonne, et l'inviteraient à les rejoindre. Décidant de savourer ses dernières minutes de répit, Ariana inspira à fond, laissa le brouhaha des rires et le cliquetis des couverts se perdre au fond de son esprit et regarda la scène se dérouler comme un film muet. Elle s'appliqua à en mémoriser le moindre détail. Cet exercice avait toujours eu un effet apaisant sur elle.

Elle embrassa du regard ses camarades de classe, raides et guindés dans leurs tenues de soirée. Douze musiciens se produisaient sur la scène au fond de la salle, interprétant des chants de Noël version pop. Il neigeait à gros flocons dehors, derrière les vitres cerclées de plomb. Lorsqu'elle plissait les yeux, les chandelles qui ornaient les couronnes de gui scintillaient comme des pépites d'or.

Ariana enregistra les motifs des rideaux de velours brodés, afin de les décrire à sa mère. Celle-ci, native de La Nouvelle-Orléans, avait une passion pour les fleurs de lys. Lorsque Ariana avait neuf ans, elle lui avait offert un magnifique pendentif en fleur de lys pour Noël. Ce Noël était le préféré d'Ariana, son dernier Noël heureux. Peu après, son père avait commencé à partir pour d'interminables voyages d'affaires, et sa mère avait perdu les pédales. Ariana ne quittait jamais ce bijou, comme s'il avait le pouvoir de la raccrocher à cette période.

– Oups, désolée !

Une fille soûle venait de la percuter brutalement. Elle bredouilla une excuse et s'éloigna vers les toilettes, pendue au bras d'un mec au visage couvert d'acné.

Ariana réintégra brusquement son corps et le brouhaha de la salle se fraya un chemin jusqu'à son cerveau, y causant une véritable déflagration. Le groupe jouait «All I want for Christmas». Une fille poussa un cri perçant lorsque son petit copain la souleva de terre pour la faire tourbillonner. Ariana soupira et s'arracha à sa colonne. Elle passa un bref coup de langue sur ses dents pour les débarrasser d'une éventuelle trace de brillant à lèvres, puis traversa la foule.

En approchant de sa table, elle prit une photographie mentale des filles Billings. Elle adorait regarder ses amies de loin, étudier leurs manières, noter leurs tics, leurs petites manies. Son plus grand plaisir consistait à les surprendre en train de faire quelque chose de grossier, ou de ridicule. Se curer les dents, ajuster leurs seins dans leur robe, ou épier certains garçons de Gleck, que leur réputation de losers n'empêchait pas d'être mignons. Dresser des listes de leurs imperfections lui permettait de se sentir elle-même moins imparfaite.

Cela dit, trouver des défauts aux filles Billings relevait de l'exploit. Il fallait un œil expert, car elles appartenaient à l'élite d'Easton. Une élite dont Ariana faisait partie depuis le mois de septembre, lorsqu'elle avait été invitée à résider dans le dortoir le plus sélect du campus. Ces filles, que sa mère lui décrivait autrefois comme des princesses de contes de fées, étaient désormais ses camarades de dortoir. Ses amies. Ses sœurs.

De plus près, Ariana remarqua qu'Isobel Bautista, une fille de terminale qui l'avait prise sous son aile au début de l'année, jouait du bout du pied avec ses escarpins violets, tout en lorgnant vers la piste de danse. Sa chaussure droite tomba et atterrit à quelques centimètres de son pied. Ariana regarda Isobel s'affaler discrètement sur sa chaise pour la récupérer. En tâtonnant du bout des orteils, elle effleura la cheville de Noëlle Lange, qui asséna une tape sur le bras de son petit ami, Dash McCafferty.

– Je rêve, ou tu me fais du pied ? On n'a plus douze ans ! plaisanta-t-elle.

– Ce n'était pas moi, répondit Dash avec un sourire charmeur. Mais c'est quand tu veux.

Isobel récupéra son escarpin et se redressa, mine de rien. Cet épisode anodin rasséréna Ariana. Elle sourit et se décida à rejoindre ses amis.

– Ah, te voilà, dit Noëlle.

Elle était vêtue d'une robe en satin noir Adam et Ève qui épousait ses formes, et son épaisse tignasse brune tombait sur ses épaules.

– Je commençais à croire que tu étais partie te siffler une bouteille d'alcool dans les rues d'Easton, ajouta-t-elle, l'air narquois.

Elle mordit dans une fraise et but une gorgée de champagne. (Dash avait soudoyé les serveurs pour qu'ils en servent à leur table, à la place du jus de pommes pétillant prévu par le règlement du lycée.)

Noëlle Lange était la meilleure amie d'Ariana à Easton. Les deux filles avaient des personnalités assez complémentaires. Noëlle était plus effrontée, plus sûre d'elle qu'Ariana, qui était prudente et réservée. Pendant leur bizutage à Billings, Noëlle avait plusieurs fois remonté le moral d'Ariana, sur le point de craquer, tandis qu'Ariana avait tempéré les ardeurs de Noëlle lorsqu'elle parlait d'envoyer balader leurs aînées. Sans ce soutien mutuel, elles n'auraient probablement pas surmonté les épreuves qu'on leur imposait.

– Quelle idée ! se défendit Ariana en s'asseyant à côté de Daniel.

Elle lissa sa robe sur ses genoux et posa les mains sur l'assise de sa chaise.

– J'admirais le décor. Le comité d'organisation a fait un boulot incroyable.

– Si tu t'extasies sur l'argenterie, je te tue, grommela Noëlle en sortant une flasque d'argent à monogramme de son sac à main.

– Moi, je trouve ça charmant quand tu t'extasies, intervint Daniel.

Il posa un bras sur le dossier d'Ariana. Elle contempla son profil ciselé, ses cheveux auburn, ses cils incroyablement longs, et songea de nouveau à la chance qu'elle avait d'être avec lui. Ils sortaient ensemble depuis plus d'un an, et elle n'en revenait toujours pas qu'il l'ait choisie elle, entre toutes les filles d'Easton.

Daniel inclina sa flûte de champagne vers Noëlle :

– Si tu tues ma copine, Lange, tu peux dire adieu à Dash.

– Personne ne tue personne, décréta Ariana. Attention, je vous ai à l'œil !

– Dommage.

Noëlle proposa sa flasque à Dash, qui la refusa d'un geste.

– Je me lève tôt, demain, dit-il, en consultant sa grosse montre argentée.

Il passa une main dans ses boucles blondes et soupira :

– J'ai un rencard avec mon père à six heures du mat', à Boston.

– À six heures ? Tu es un garçon modèle, McCafferty, dit Paige Ryan en acceptant la flasque que lui tendait Noëlle.

Dash rougit. Paige, la sœur jumelle de Daniel, avait l'art d'intimider les gens. Son arrière-arrière-grand-mère, Jessica Billings, avait fondé la maison Billings quatre-vingts ans plus tôt. Paige, avec ses cheveux auburn et ses yeux verts, était l'incarnation de ce dortoir. Elle y régnait en souveraine et même Noëlle, que rien n'impressionnait, lui témoignait un certain respect.

– J'ai manqué quelque chose ? se renseigna Ariana.

– Un monologue de vingt minutes de ton mec sur ses projets de vacances. Ennuyeux à mourir. Encore pire que quand tu te prends pour Emily Dickinson, résuma Noëlle en roulant les yeux.

Un serveur en smoking passa un bras au-dessus de son épaule pour débarrasser la table, puis disposa des assiettes à dessert sur les nappes.

Daniel déposa un baiser sur les lèvres d'Ariana.

– Ça va swinguer dans le Vermont, lui dit-il avec un clin d'œil.

Ariana eut un petit sourire gêné pour la façade, tandis que son cœur se changeait en glaçon. Elle avait parfaitement interprété ce clin d'œil. Daniel et elle, tous les deux inexpérimentés, avaient décidé depuis longtemps qu'ils coucheraient ensemble le soir du premier anniversaire de leur rencontre. Mais le jour dit, en novembre dernier, Ariana s'était dégonflée. Pour ne pas avouer à Daniel qu'elle avait le trac, elle avait prétexté qu'elle refusait de perdre sa virginité dans une chambre de dortoir. Daniel, bien que déçu, s'était montré compréhensif. Dès le lendemain, il l'avait invitée à passer les vacances de Noël avec sa famille dans une luxueuse station de ski du Vermont, lui promettant qu'ils auraient mille occasions de se retrouver en tête à tête.

Autrement dit, Ariana n'aurait bientôt plus d'excuses.

Pourquoi ne parvenait-elle pas à s'en réjouir ? Daniel était parfait. En plus d'être beau comme un dieu et de décrocher les félicitations à chaque trimestre, il était capitaine de l'équipe de hockey, et admis à Harvard avant l'heure. Pourtant, elle paniquait dès qu'elle envisageait d'aller plus loin avec lui. Ce n'était pas normal. Les autres filles seraient prêtes à tout pour avoir un mec pareil.

Elle étudia sa serviette de table jusqu'à ce que son malaise se dissipe.

– Je suis jalouse ! déclara Isobel en remontant la bretelle de sa robe en satin violet. Mes parents partent en amoureux dans les îles Turks et Caicos. Ils m'ont plantée là jusqu'au réveillon.

– Tu peux venir à New York, si ça te dit, proposa Noëlle en haussant les épaules. Je parie que mes parents ne remarqueraient même pas ta présence.

« Moi, je veux bien venir à New York ! », songea Ariana, qui culpabilisa aussitôt.

Elle prit un minicadeau décoratif rouge et or posé sur la table et joua avec les rubans.

– Tu peux aussi nous accompagner dans le Vermont, suggéra Paige.

Elle tendait la flasque à Ariana quand Thomas Pearson, surgi de nulle part, la lui prit des mains. Il se laissa tomber sur la chaise libre entre Ariana et Paige et but une lampée d'alcool.

– De la bonne came, apprécia-t-il en repoussant nonchalamment les mèches brunes qui lui tombaient devant les yeux.

Noëlle se pencha en travers de la table pour lui confisquer la flasque.

– Super. Maintenant, je n'ai plus qu'à la faire stériliser.

Thomas se tourna vers Ariana et lui décocha un sourire facétieux. Elle se raidit en prévision d'une vanne. Ce mec l'avait toujours mise mal à l'aise avec ses airs supérieurs et sa manie de la chambrer à la moindre occasion. De la part d'un loser comme lui, un dealer de drogue notoire qui ne respectait rien ni personne, c'était particulièrement gonflé.

– Stériliser, trop drôle ! lança-t-il, prenant Ariana à témoin.

Il desserra la cravate de son smoking et posa un bras sur le dossier de sa chaise.

– Sous-entendu : je suis un pestiféré.

Ariana détourna le regard et se rapprocha de Daniel.

– Sérieusement, tu devrais venir dans le Vermont ! disait Paige à Isobel, ignorant royalement Thomas.

Ce dernier avait beau être le meilleur ami de Dash, et issu d'une grande famille new-yorkaise, Paige se comportait généralement comme s'il était invisible.

– Ça m'évitera de tenir la chandelle, ajouta-t-elle en montrant Daniel et Ariana du menton.

– Tu es vexée parce que Brady t'a larguée à la seconde où il est entré à Yale, la taquina son frère.

Les yeux de Paige étincelèrent de colère :

– Brady ne m'a pas larguée. C'est moi qui ai rompu.

Les autres échangèrent un regard entendu. Personne n'ignorait que Brady Flinn avait quitté Paige. Plusieurs anciens élèves d'Easton, étudiants à Yale, avaient assisté à la rupture et envoyé des textos à leurs amis pour info. Mais bien entendu, personne ne s'aviserait de contredire Paige. Du moins, pas en face.

– Et sinon, quels sont les projets de la famille Lange pour les vacances ? demanda Isobel à Noëlle.

Elle avait senti le vent tourner et changé volontairement de sujet avant que Paige n'explose. La dernière fois que Paige avait perdu son calme, elle avait réussi à faire pleurer Leanne Shore, qui n'était pourtant pas une tendre. C'était pendant le bizutage, un matin, juste après sa rupture avec Brady. Paige avait obligé Leanne à refaire son lit des dizaines de fois, jusqu'à ce que les coins des draps forment de parfaits angles droits, façon hôpital. Après cette épreuve, Leanne avait passé une heure à l'infirmerie avec son inhalateur, en proie à une crise de panique.

Ariana se réjouissait de n'avoir jamais craqué ainsi pendant le bizutage. Jamais en public, en tout cas.

– Comme d'habitude, répondit Noëlle d'un ton las. L'opéra, les cocktails avec l'avocat véreux de mon père et sa femme obèse. Mes parents vont disparaître chacun de leur côté, sous prétexte de courses de dernière minute, pour aller retrouver leurs extras respectifs. L'avantage, c'est qu'ils vont devoir m'acheter plus de cadeaux pour que ça fasse vrai. Une petite partie de jambes en l'air, et je récupère un sac Armani. C'est tout bénef'.

Noëlle parlait des liaisons de ses parents avec aussi peu d'émotion que si elle faisait un exposé sur la révolution industrielle. Ariana envia son détachement.

Daniel se renversa sur son dossier, tandis que le serveur posait des tasses de café et des sucriers sur la table.

– Ça doit être chiant de savoir que tes parents se trompent allégrement, remarqua-t-il. Je n'aimerais pas...

Ariana inspira avec difficulté. Chacun savait que la famille Ryan était un modèle d'harmonie. Inutile d'en rajouter. Croisant le regard de Noëlle, elle eut l'impression que ses yeux noirs s'étaient assombris.

– Tout le monde ne peut pas avoir une famille parfaite, des notes parfaites, et la plus parfaite des petites amies, Ryan, ironisa Thomas en regardant Ariana avec insistance.

– Si c'était le cas, nos psys feraient faillite, plaisanta Dash.

– Plus personne ne goberait de Prozac, ajouta Thomas avec un petit rire.

– Comme si tu avais besoin d'une excuse pour gober des trucs, rétorqua Noëlle.

Thomas sourit.

– Touché, mademoiselle Lange.

Il prit un morceau de sucre dans le sucrier et le lança dans sa bouche.

– Et toi, Ariana ? Tu carbures à quoi, en ce moment ?

Ariana se mit à transpirer. Daniel fusilla Thomas du regard :

– Laisse tomber, mec !

Thomas joua l'innocence, les paumes vers le plafond.

– Quoi ?

Ariana s'obligea à le regarder. Il la fixait de ses yeux bleus hallucinants.

Soudain, un flash illumina le rebord de son verre. Elle tressaillit.

– Assez, Sergueï ! s'énerva Noëlle en agitant sa serviette en direction du photographe. Arrête de jouer les paparazzi. Trouve-toi de nouvelles muses.

Sergueï Tretyakov était debout à un mètre de leur table, un appareil photo Nikon en bandoulière. Sergueï était un jeune Letton bénéficiant du programme destiné aux élèves étrangers. Brun et bouclé, il avait les yeux noirs comme le jais et un nez légèrement busqué. Il aurait pu être attirant s'il n'avait été d'une timidité maladive, et sans cette désagréable manie de regarder fixement les gens. En plus, il avait toujours la même paire de baskets crasseuses, quelle que soit sa tenue. Il les portait ce soir, justement, à une soirée habillée. Ariana pouvait deviner beaucoup de choses sur quelqu'un, rien qu'en examinant ses chaussures. Celles de Sergueï lui criaient « clochard ». Pourtant, elle ressentait une certaine sympathie pour lui. Ils aimaient tous les deux observer les autres.

– Une dernière, et j'arrête ! promit-il avec son mélodieux accent de l'Est.

Il fixa l'objectif sur Ariana et déclencha. Daniel jaillit de sa chaise.

– Tu viens de prendre une photo de ma petite amie, mec ?

Le silence se fit autour de la table. Ariana sentit que Noëlle l'observait et rougit. Elle retint sa respiration.

Sergueï pâlit. Il recula légèrement, les épaules voûtées.

– J'ai pris des photos de tout le monde ce soir, protesta-t-il.

On aurait dit un chiot tremblant devant son maître furieux. Ariana ferma les yeux. Elle ne voulait surtout pas revivre la scène qui s'était déroulée dans les bois, l'été dernier. Pas ici. Pas maintenant.

– Daniel, ce n'est pas grave, dit-elle d'une voix apaisante.

– Si, c'est grave !

Il croisa les bras et continua de défier Sergueï.

– Tu la trouves belle, ma copine ?

Sergueï battit des cils sans comprendre.

– Euh… Je… Oui ?

Sa réponse ressemblait davantage à une question.

La colère déforma les traits de Daniel. Des serveurs apportèrent des petits fours et des crèmes brûlées sur des plateaux d'argent. Une délicieuse odeur de pommes cuites et de cannelle emplit la salle.

– Qu'est-ce que tu préfères chez elle ? Son sourire ? Ses cheveux ? Son décolleté ?

Thomas et Dash dissimulèrent des sourires moqueurs derrière leurs mains. Noëlle et Paige se levèrent et prirent la direction des toilettes. Isobel sortit son Blackberry et rédigea un texto, probablement pour informer ses camarades éparpillés dans la salle qu'une scène captivante se déroulait à sa table.

– Daniel, arrête, dit calmement Ariana, tandis que Sergueï fixait le sol.

– Tu prends des photos de toutes les jolies filles ? enchaîna Daniel avec un sourire condescendant. Ou c'est juste ma petite amie qui t'intéresse ?

– Je... je vais y aller..., tenta Sergueï en pivotant sur ses talons.

Ariana frémit en voyant Daniel lui saisir le bras.

– Une seconde, mon pote !

D'un mouvement brusque, il lui confisqua son appareil photo et le manipula pour faire défiler les images en mémoire. Sergueï tenta de récupérer son bien, mais Daniel tendit le bras pour le mettre hors de sa portée.

– Tiens, une photo d'Ariana..., commenta-t-il. Et une autre... Et encore une ! Toi aussi, Isobel, il t'a prise en photo. Il y en a même une sublime de Natasha ! Ça alors... pas un mec, là-dessus... Tu as du bol que je n'appelle pas les flics, espèce de pervers !

Thomas ricana.

– Ça suffit ! dit Ariana, écarlate.

Daniel la regarda une demi-seconde. Son regard était dur, furieux. Et soudain, sans prévenir, il se détendit et asséna un coup de poing viril dans l'épaule de Sergueï.

– Je déconne, mec ! C'était juste pour t'emmerder.

– Alors, tu me rends mon appareil ? demanda Sergueï, perplexe.

– Tout à l'heure, dit Daniel avec un clin d'œil. Je préfère le garder encore un peu.

Les musiciens entamèrent un slow. Un parfum de café aux noisettes embauma l'air. Sergueï insista, la main tendue :

– Tu n'as pas le droit de me prendre mon appareil photo.

Daniel se renversa sur sa chaise et secoua la tête :

– Et toi, tu n'as pas le droit de photographier ma copine.

Sergueï hésita une seconde, regardant son Nikon avec regret avant de faire demi-tour. Dans sa précipitation, il bouscula une serveuse qui remplissait des verres d'eau à une table voisine. Elle le fusilla du regard et épongea les dégâts avec une serviette.

Ariana se tourna vers Daniel.

– Tu n'aurais pas dû réagir comme ça.

– Quoi ? C'était pour déconner ! En plus, ce mec n'aurait pas dû te prendre en photo sans te demander ton autorisation. Il est temps qu'il apprenne le respect.

Il lui posa une main sur les genoux. Elle était lourde, froide. Possessive.

– Tu sais que je ferais n'importe quoi pour toi, Ariana. N'importe quoi ! Ne l'oublie pas...

Ariana se força à sourire.

– Je ne l'oublierai pas.

Les paroles de Daniel auraient dû lui paraître affectueuses, rassurantes. Mais Ariana, qui venait de repérer Sergueï au fond de la salle, nu et vulnérable sans son Nikon, ne put s'empêcher d'y voir une menace.

Fin de soirée

Ariana consulta sa montre, agacée. Minuit vingt-sept. Ses amies étaient parties depuis une demi-heure ; ses escarpins Chloé lui faisaient mal aux pieds et la salle de bal était presque vide, excepté quelques traînards et les employés de l'hôtel qui débarrassaient les tables et balayaient par terre.

Elle étouffa un bâillement et jeta un coup d'œil circulaire autour d'elle. Des flûtes en cristal à moitié vides, tachées de rouge à lèvres, jonchaient les tables. Les bougies avaient fondu, et une écœurante odeur de vanille brûlée et de feuillages flétris flottait dans l'air. Le chandelier qu'elle avait trouvé somptueux en début de soirée diffusait une lumière crue accentuant les traits fatigués des employés. Saisie d'un inexplicable accès de tristesse, Ariana but d'une traite un fond de champagne sans bulles.

– La fête est finie, Osgood.

Elle sursauta en reconnaissant la voix de Thomas, qui se laissa tomber sur le banc près d'elle. Sa chemise était froissée et il avait le regard vague, signe qu'il avait trop bu.

Ariana croisa les jambes et posa sa flûte par terre.

– Exact. Comment ça se fait que tu es encore là ?

– Va savoir... Une chose est sûre : je n'attends pas mon mec parti gerber dans les fourrés. Ce serait trop glauque.

Thomas sentait le whisky, en plus d'un parfum vaguement épicé. Il roula les manches de sa chemise.

Ariana joua avec son pendentif, le faisant coulisser d'avant en arrière sur sa chaîne délicate. Au fond, elle était d'accord avec Thomas. Elle aurait dû rentrer à Easton en même temps que Noëlle et Dash. Mais sur le moment, le regard mauvais de Paige l'en avait dissuadée. Le message était clair : Ariana avait le devoir d'attendre Daniel, de s'occuper de lui. Même si ce dernier avait clairement abusé en proposant à Gage Coolidge une partie de « Qui perd boit ».

Si elle s'était écoutée, à cette heure-ci, elle serait bien au chaud dans son lit, blottie entre ses draps.

– Et toi, qu'est-ce que tu faisais dans les fourrés ? demanda-t-elle à Thomas.

– Bah, des choses et d'autres... C'est toujours sympa, les fourrés, répondit-il avec un sourire grivois. Tu connais le verbe « s'amuser », non ?

– Le concept me dit quelque chose, en effet, enchaîna-t-elle sur le même ton badin.

– Bien sûr. Je t'imagine assez bien faire des trucs déjantés, totalement dingues, ironisa-t-il.

Ariana sentit ses joues s'embraser.

– J'ai déjà fait plein de trucs dingues, se défendit-elle.

– Exact. Comme sortir avec Daniel Ryan.

Ariana éclata de rire, puis s'interrompit de peur de passer pour une idiote.

Au fond de la salle, un serveur fit tomber un verre. Il poussa un juron et se baissa pour ramasser les morceaux.

– Je m'entends super bien avec Daniel, assura-t-elle.

Thomas appuya les coudes sur ses genoux et se pencha en avant.

– C'est vrai ? Comment as-tu trouvé son petit tête-à-tête avec Sergueï ? Héroïque ?

– Il était soûl, rappela Ariana. Et je crois bien t'avoir vu rire.

Elle fit glisser son sac de son épaule et le posa sur ses genoux. Sa boîte de Tic-Tac crépita à l'intérieur.

– Je me moquais de Daniel, pas de Sergueï.

Thomas se passa une main dans les cheveux. Une mèche resta dressée au-dessus de son oreille, lui donnant l'air d'un adorable petit garçon en costume chiffonné.

– Alors, prête à « swinguer » dans le Vermont ?

Ariana devina qu'il la provoquait. Alors que son ventre se nouait lorsqu'elle pensait à ce qui l'attendait là-bas, elle leva le menton et répondit du tac au tac :

– J'ai super hâte.

Un employé prit une bouteille de Perrier vide sur une table voisine et la jeta dans le sac poubelle qu'il traînait derrière lui.

– C'est vrai ? On ne dirait pas. À voir ta tête, j'aurais juré que tu étais prête à dégueuler dans les fourrés, toi aussi.

– Tais-toi. Tu es répugnant.

– Peut-être, mais j'ai raison, fit Thomas avec un sourire narquois.

Il sortit un vieux jeton de métro new-yorkais de sa poche et le fit rouler d'avant en arrière sur le banc. Le disque laissa une traînée noire sur le bois.

– Tu mérites tellement mieux…

Ariana avait beau savoir qu'il la chambrait, comme d'habitude, elle fut sensible au compliment. Elle fixa Thomas et déclara :

– Daniel est parfait.

– En théorie, peut-être, répliqua-t-il.

Il avait raison, bien sûr. S'il était parfait sur le papier, Daniel était loin de l'être dans la réalité. Ce soir, par exemple, il s'était soûlé, avait humilié Sergueï et l'avait ignorée royalement quand elle avait tenté de s'interposer.

N'empêche, elle aurait préféré mourir plutôt que de l'admettre devant Thomas.

– Il avait un peu trop bu. En temps normal, il est génial, assura-t-elle.

Elle posa les mains sur le banc et regarda droit devant elle.

– Hier soir, j'avais des tonnes de boulot en retard. Il m'a apporté à dîner dans ma chambre avec un bouquet de roses.

– Ooh. Comme c'est original !

– Oui, parfaitement.

– Mettons. Je n'ai pas envie de parler de Daniel Ryan.

Thomas se renversa sur le dossier du banc et croisa les mains derrière la tête.

– Je préfère parler de toi.

– De moi ? s'étrangla Ariana.

– Ouais. Quel est le truc le pire que tu as fait, de toute ta vie ?

– Le truc le pire ?

Elle se repassa en pensée les choses horribles que Paige et ses amies l'avaient forcée à faire pour prouver son attachement à Billings, au moment du bizutage. Un jour, elles l'avaient obligée à entrer par effraction dans Hell Hall pour visser l'écriteau « placard à balais » sur la porte du bureau du directeur, à la place de son nom.

Thomas entonna un compte à rebours de jeu télévisé : « Ding, ding, ding... »

– Arrête ! ordonna Ariana.

– Allez ! Dis-moi un truc surprenant. Osé. Scandaleux.

Il avait prononcé ces derniers mots à voix basse et pressait son genou contre le sien. Ariana se raidit. Ce simple contact la faisait frémir. Le visage de Thomas n'était qu'à quelques centimètres du sien. Elle sentait son souffle dans son cou.

– Allez, Osgood. Choque-moi.

– OK..., fit Ariana pour gagner du temps, histoire de retrouver une contenance et calmer les battements erratiques de son cœur.

Pas facile dans ces conditions. Thomas promenait son regard partout sur elle, comme s'il découvrait ses secrets l'un après l'autre. Elle se sentait exposée. Mise à nu, et pourtant euphorique.

Comment réagirait-il si elle lui caressait la joue ?

Cette pensée lui donna le vertige. Il était là, tout près. Ils étaient seuls, ou presque. Il ne la prendrait plus pour une oie blanche si elle faisait une chose aussi culottée. Oui, cela gommerait ce sourire narquois sur son visage.

Ses mains la démangeaient. Elle les glissa sous ses cuisses.

Quelle mouche l'avait piquée ? Avait-elle perdu la tête ? Elle flirtait avec Thomas Pearson. La pire des crapules.

Un mec qui collectionnait les filles et les jetait sans un remords. Un mec qui n'avait pas cillé quand son meilleur ami Élie Tate s'était fait renvoyer l'an dernier, après que le doyen l'avait trouvé complètement stone dans sa chambre, une plaquette de Valium sur sa table de chevet. Personne n'ignorait qui la lui avait vendue…

En plus, elle était amoureuse de Daniel.

Pourtant, elle était incapable de détourner la tête. Incapable de rompre le contact visuel avec Thomas. Une fois n'est pas coutume, elle mourait d'envie de faire une bêtise. C'était plus fort qu'elle.

– Est-ce qu'on aurait des pensées coquines ? murmura Thomas en fixant ses lèvres.

Une sensation de fourmillement envahit tout son corps. Elle ouvrit la bouche pour parler, sans savoir ce qu'elle allait dire.

– Ariana !

L'aboiement de Daniel rompit l'enchantement.

– Viens, on y va !

Ariana se déplaça précipitamment à l'autre extrémité du banc, comme si Thomas l'avait brûlée au fer rouge. Daniel avait-il vu quelque chose ? Il ne s'était rien passé de compromettant, mais…

– Waouh ! Au doigt et à l'œil, commenta Thomas.

Ariana plissa les yeux. Son cœur battait si vite que c'en était douloureux.

– J'arrive ! cria-t-elle à Daniel, qui avait déjà disparu dans le couloir.

Son indifférence la piquait au vif. N'importe quel autre mec aurait été inquiet en découvrant sa copine seule avec Thomas Pearson. Cette absence de réaction était vexante. Même Thomas l'avait remarquée.

Soudain, Ariana comprit ce qu'elle devait faire. Elle se tourna vers Thomas, tout sourire.

– Désolée de te décevoir, mais je crois qu'en fait je suis une fille sage. On ne se refait pas…

Sur ces mots, elle prit appui sur la jambe de Thomas et se leva lentement en glissant la main tout le long de sa cuisse. Elle était sidérée par son audace, surtout avec Daniel tout près.

Thomas, aussi stupéfait qu'elle, écarquilla les yeux. L'air grésillait d'électricité, et Ariana sentait son pouls battre au bout de ses doigts. Dans son cou. Dans sa poitrine. Partout. Elle éprouva un besoin irrésistible de le toucher encore, même une seconde. Thomas respirait bruyamment. Il voulut lui prendre la main, mais elle se déroba. Elle fit volte-face et fila dans le couloir à la recherche de Daniel, triomphante. Elle avait choqué Thomas Pearson. Elle était capable de relever ce genre de défi. Qui l'aurait cru ?

– Désolé de t'avoir fait attendre, ma chérie, lui lança Daniel.

Il lui posa une main au creux des reins et l'entraîna vers la sortie.

– Ça va ?

– Très bien, mentit-elle.

En fait, elle se sentait sans forces et vaguement écœurée. Comme si elle mesurait enfin la gravité de son acte. Elle avait franchi la ligne rouge, et pire : elle avait trouvé ça agréable.

Lorsqu'elle pénétra dans le hall désert, sa main dans celle de Daniel, la magie cessa et la culpabilité déferla sur elle. C'était vraiment odieux de tromper son mec, même en pensée.

– Je t'ai dit que je t'aimais, ce soir ? demanda Daniel en lui tenant la porte.

Une voiture noire aux lignes pures était stationnée dans l'allée ; son chauffeur attendait patiemment sur le trottoir.

Ariana regarda Daniel, examina ses traits anguleux, son smoking Brooks Brothers, à l'affût d'une tache, d'un accroc, d'un défaut. Elle n'en trouva aucun. Il était parfait.

– Moi aussi, je t'aime, murmura-t-elle en lui déposant un rapide baiser sur le front.

À cet instant, elle décida que ce qui s'était passé avec Thomas n'avait aucune importance. Thomas n'était rien. Personne. Elle avait bu trop de champagne, voilà tout. Daniel était son petit ami. L'homme de sa vie.

À force de se répéter ces mots continuellement, elle finit par s'en convaincre. Mais en sortant dans la nuit glaciale, elle s'aperçut que sa jambe la brûlait à l'endroit où le genou de Thomas l'avait effleurée.

Trac

– Elle aspire à quelque chose d'autre, murmura Ariana le dimanche après-midi. Quelque chose qu'il ne peut pas lui donner.

Elle pivota sur sa chaise de bureau, se détournant de son ordinateur et du devoir inachevé qui l'obsédait. Elle alluma la guirlande électrique qui ornait les fenêtres et regarda le crépuscule descendre sur le campus. La nuit tombait de plus en plus tôt.

– Est-ce qu'elle a vraiment tort de chercher l'amour ailleurs ? Si elle sait qu'elle ne sera jamais heureuse avec lui ?

– Ça dépend, répondit Noëlle.

Elle sortit du dressing et jeta un coup d'œil à son amie par-dessus la montagne de fringues de créateurs qu'elle portait dans les bras.

– Peut-être qu'elle n'a pas tout tenté. Est-ce qu'ils ont essayé de faire ça en public ?

Elle navigua à vue dans le labyrinthe de vêtements qui jonchaient le sol sur une bonne moitié de la chambre et jeta son tas dans une valise Vuitton ouverte sur son lit.

– Moi, quand je commence à m'ennuyer avec Dash, je l'emmène dans un endroit où l'on risque de se faire surprendre. Ça fait monter l'adrénaline. Si elle avait un magnétoscope, elle pourrait aussi…

– Je ne crois pas, non ! la coupa Ariana en pivotant de nouveau vers son écran.

Elle jeta par terre un vieux numéro du *Porte-plume*, le magazine littéraire d'Easton auquel elle contribuait, et tapa une phrase sur son ordinateur.

– Rappelle-moi de ne jamais t'emprunter un film avant d'avoir vérifié qu'il n'est pas fait maison.

Noëlle sourit. Elle sortit plusieurs tubes de gloss à lèvres d'un tiroir de sa commode. Ariana prit la bougie parfumée que Daniel lui avait offerte le matin – une tentative à peine dissimulée de se faire pardonner sa cuite de la veille – et huma sa senteur fruitée.

– Il est question d'amour avec un grand A, précisa-t-elle. De ce désir irrésistible d'être en permanence avec l'autre. Comme une brûlure.

– De qui on parle, en fait ? demanda Noëlle.

Elle remonta la fermeture éclair de son sac et alla ramasser une paire de bottines en cuir camel près de la porte.

– D'Emma Bovary, répondit Ariana. Et n'imagine pas une seule seconde que tu vas emporter mes bottines Michael Kors à New York. Elles m'accompagnent dans le Vermont.

Elle reposa la bougie sur le bureau, où trônaient trois cadres d'argent. Ses photos préférées. La première était un cliché de Daniel et elle que Paige avait pris l'été précédent dans la propriété des Ryan à Martha's Vineyard. La seconde, un portrait en noir et blanc d'elle-même que Daniel avait fait dans la maison des Hampton de Noëlle, également l'été dernier. On la voyait souffler un baiser au photographe. La dernière était une vieille photographie d'Ariana et sa mère, derrière leur immense demeure familiale d'Atlanta. Elles souriaient, heureuses. C'était avant que son père saborde leur mariage. Avant que sa mère passe le plus clair de son temps à l'hôpital. Avant Easton. Avant Billings. Ariana avait l'impression qu'un siècle s'était écoulé depuis. La fille sur la photo était presque une étrangère pour elle. Mais elle adorait cette image.

– Emma Bovary ?

Noëlle plaqua devant elle une minirobe couleur bronze et se regarda avec une moue dans le miroir fixé à la porte de la penderie.

– La garce de seconde qui a couché avec Gage après les examens, l'an dernier ? C'est vrai qu'il a eu une sensation de brûlure après, mais je ne crois pas que c'était du désir.

– C'est Emma Benning, rectifia Ariana. Je te parle d'Emma Bovary, l'héroïne de *Madame Bovary*.

Elle brandit le livre.

– L'héroïne tragique d'un des romans français les plus célèbres et les plus controversés de tous les temps. On l'étudie dans le cours de littérature de M. Holmes, et j'ai un devoir à rendre avant les vacances.

Noëlle bâilla et jeta un coup d'œil au réveil posé sur sa table de chevet.

– Tu viens de passer deux minutes à me parler d'une Française dépressive et de son mari impuissant ?

Elle croisa les bras.

– Cent vingt secondes de ma vie que je ne récupérerai jamais, gronda-t-elle, en balançant la robe dans sa valise. En dédommagement, j'emporte tes bottines Michael Kors.

Ariana laissa Noëlle ranger les bottines dans son sac sans discuter. Si elle voulait vraiment les reprendre, elle n'aurait qu'à le faire ce soir, quand Noëlle dormirait.

– C'est un bouquin génial, soupira-t-elle, en posant le livre sur ses genoux. Mais mon devoir est nul.

Elle supprima la phrase qu'elle venait de taper.

– On n'est pas censés écrire des pages et des pages. Le problème, c'est que je suis incapable de me concentrer assez longtemps pour faire une phrase cohérente.

– Et alors ? protesta Noëlle. Tu sais que Holmes te mettra un A de toute manière. Pour réussir dans son cours, il suffit d'être bien gaulée.

Elle inclina la tête et jaugea la silhouette d'Ariana :

– B plus, au minimum, commenta-t-elle.

– Merci beaucoup ! fit Ariana en roulant les yeux.

Noëlle s'assit sur sa valise et tira sur la fermeture éclair, qui refusa de bouger.

– Quoi, qu'est-ce qu'il y a ? Tu stresses pour tes vacances ?

– Un peu, avoua Ariana.

Son amie l'avait percée à jour, comme d'habitude. Cette fille avait un flair incroyable. Une espèce de sixième sens.

– Tu flippes à l'idée de rencontrer les parents de Daniel ? Ils sont un peu coincés, mais sympas.

Elle se pencha en avant pour ôter une poussière à la pointe de son escarpin Louboutin. Ses cheveux bruns tombèrent comme un rideau devant son visage.

– Au moins, Daniel t'a invitée. Moi, les parents de Dash m'ignorent royalement. Chez les McCafferty, les photos de vacances sont toujours exactement les mêmes, au millimètre près, d'une année sur l'autre. Je tremble à l'idée de ce qui va se passer quand ils auront des petits-enfants.

Ils feront sûrement une photo des gosses, puis une autre des adultes. Sans déconner. C'est grave !

Ariana se fit un chignon, qu'elle fixa avec un crayon.

– Tu es jalouse ? demanda-t-elle à son amie.

Noëlle hésita une seconde et Ariana devina qu'elle avait fait mouche. C'était d'autant plus réjouissant que Noëlle laissait très rarement apparaître une faille dans sa cuirasse.

– Absolument pas, se défendit-elle. Je ne connais pas la jalousie.

Elle renonça à fermer sa valise et s'assit par terre pour trier un autre tas de vêtements.

– En plus, on ne parlait pas de moi, mais de toi. Tu étais stressée à l'idée de rencontrer les parents de Daniel, au point que tu étais incapable d'écrire deux pages qui tiennent la route.

– Ce n'est pas ça, dit Ariana, en déplaçant la souris.

Elle surligna à l'écran tout ce qu'elle avait écrit sur Madame Bovary et sa morale discutable. Son doigt flotta, incertain, au-dessus de la touche « supprimer ».

– Je suis sûre que ses parents sont sympas, ajouta-t-elle.

Elle appuya enfin sur la touche et ses efforts infructueux des derniers jours disparurent, laissant une page blanche. Ariana soupira, soulagée. C'était agréable de pouvoir faire disparaître aussi facilement des erreurs.

– Alors, c'est quoi ? s'impatienta Noëlle. On dirait que tu n'as pas envie d'y aller. Cette station de ski a l'air géniale. Il paraît que c'est hyper...

– Sélect, la coupa Ariana, exaspérée.

Elle referma brusquement l'écran de son ordinateur portable.

– Crois-moi j'en ai entendu parler en long, en large et en travers. Et ce n'est pas le problème. C'est juste que je suis un peu inquiète à cause de...

Elle se tut et fixa ses genoux.

– À cause de Daniel.

– Inquiète à cause de Daniel ? répéta Noëlle, perplexe. Pourquoi ? Tu vas te retrouver avec un mec hyper sexy dans un endroit fabuleux, avec rien d'autre à faire que de skier, buller dans le salon, et...

Elle s'interrompit avec un sourire diabolique.

– Je crois que j'ai compris !

Ariana se cacha le visage dans les mains.

– Argh. Qu'est-ce que j'ai qui cloche ?

– Rien, fit Noëlle en haussant les épaules. C'est juste le trac, normal.

Elle lui lança un carré Hermès.

– Tu réfléchis trop. Arrête de penser et passe à l'acte.

Ariana récupéra le foulard et se l'enroula autour du cou.

– Je voudrais être sûre de ne pas me tromper... sûre que ce soit agréable.

– Ça ne sera pas agréable, répliqua Noëlle, catégorique. Ça va être atroce. Je te conseille de boire un bon coup avant. Ça sera terminé avant même que tu t'en rendes compte.

– Ce n'est pas ce que je voulais dire, protesta Ariana, en se laissant tomber sur son lit.

Elle enlaça son oreiller.

– C'est juste que je ne voudrais pas regretter ma première fois.

– Il faut vraiment que tu guérisses de ce besoin obsessionnel de tout contrôler, se moqua gentiment Noëlle. Et franchement, qu'est-ce que tu pourrais regretter ? Daniel Ryan est parfait et il est dingue de toi.

– Je sais, soupira Ariana.

Elle entortilla une boucle de cheveux autour de son index et tira. Elle aurait voulu avouer à Noëlle qu'elle n'était pas certaine d'aimer Daniel autant qu'il l'aimait, mais elle ne pouvait se résoudre à prononcer ces mots. Elle savait d'avance comment son amie la regarderait. Comme une folle.

Noëlle s'assit au pied du lit d'Ariana et reprit d'une voix calme :

– Ariana, toutes les filles de ce bahut, ou presque, tueraient pour être à ta place.

Traduction : «Toutes les filles de ce bahut à l'exception d'elle-même, qui était parfaitement heureuse d'être dans la peau de Noëlle Lange.»

– Daniel est fait pour toi, continua-t-elle. Arrête de te prendre la tête.

– Tu as raison, soupira encore Ariana.

– J'ai toujours raison ! déclara Noëlle, la main tendue.

Ariana lui rendit le carré Hermès.

– J'ai rendez-vous avec Dash. J'espère qu'à mon retour tu auras les idées plus claires.

Elle ouvrit la porte et sortit dans le couloir, anormalement silencieux pour un dimanche après-midi ; les filles devaient encore dormir, après la fête de la veille.

– Ah, au fait, Ariana ? dit Noëlle en se retournant.

– Ouais ?

– Il faudrait vraiment être dingue pour échanger un Daniel Ryan contre un Thomas Pearson. C'est évident, non ?

Ses yeux noirs étincelaient. Ariana s'assit brusquement, la gorge nouée. Elle faillit s'assommer contre sa tête de lit.

– Quoi ? Je ne...

La porte claqua avant qu'elle ait fini sa phrase. Ariana balança son oreiller d'un geste rageur. Comment Noëlle faisait-elle pour toujours tout deviner ?

Méthode Coué

– Quelque chose d'autre, elle aspire à quelque chose d'autre…, chuchotait Ariana sans arrêt, les yeux rivés au plafond.

Depuis plusieurs heures, elle était allongée dans son lit, immobile, incapable de trouver le sommeil. Ce maudit devoir l'obsédait. Jamais elle ne pourrait s'endormir tant qu'elle n'aurait pas trouvé une idée. Heureusement, Noëlle était toujours avec Dash. Ariana pouvait monologuer à haute voix sans risquer de passer pour une folle.

Son portable sonna ; elle le récupéra sur sa table de chevet, ravie d'être distraite de ses pensées moroses. Mais lorsqu'elle identifia l'appelant, son cœur se serra. Il était onze heures du soir. Les bonnes nouvelles n'arrivaient jamais aussi tard.

– Maman ?

Ariana se redressa en position assise et cala un oreiller dans son dos.

– Ça va ? Que se passe-t-il ?

– Bonjour, ma chérie.

Au bout du fil, sa mère semblait lointaine. Perdue.

– Je voulais juste entendre ta voix. Comment vas-tu, mon ange ?

– Bien, maman. Très bien.

Ariana se détendit. Sa mère allait bien. On devinait à sa voix qu'elle avait pris des calmants, mais ça allait.

– Et toi, comment tu vas ? Où es-tu ?

– Toujours au même endroit, mais je rentre bientôt à la maison. Je viens de signer les paperasses, il y a quelques minutes. Ils devraient me laisser sortir d'ici 72 heures, au moins.

Elle rit faiblement.

– Tout est si long, ici.

– Je sais, maman.

Ariana détestait quand sa mère lui téléphonait. Pourtant, elle adorait lui parler, lui raconter ses cours, ses échanges avec ses amis et ses professeurs. Mais au téléphone, elle lui semblait toujours si fragile... comme si un mot de travers, une simple intonation risquaient de la briser. Ariana savait qu'un jour viendrait où elle ne serait plus capable de réparer les dégâts...

– Alors, ma belle, raconte-moi tout… Comment va la vie, à Billings ?

– Bien, maman. C'est vraiment génial.

Ariana se creusa la tête pour trouver quelque chose à raconter. Un truc positif qui ferait plaisir à sa mère. Ses doutes sur sa relation avec Daniel ne feraient sûrement pas l'affaire.

– Et avec Daniel, c'est idyllique ! On part mardi pour le Vermont.

– Merveilleux !

Ariana entendit un sourire percer dans sa voix. Un moment rare. Elle roula sur le côté, regarda la photo dans son cadre d'argent, et les larmes lui montèrent aux yeux. Les guirlandes de Noël autour de la fenêtre devinrent floues.

– Il paraît qu'on va loger dans une résidence incroyable, poursuivit Ariana en essuyant une larme qui coulait sur sa joue. Le vice-président y vient chaque année.

Elle s'étonna de régurgiter les détails assommants que Daniel leur avait servis à table la veille au soir. Mais sa mère adorait ce genre d'histoires. Elle ne vivait que pour cela.

– Tu vas te régaler. Passe le bonjour à Daniel. Et aussi au docteur et à Mme Ryan.

– Promis !

Ariana ferma les yeux.

– Quand même, je suis un peu triste de ne pas rentrer à la maison pour Noël, cette année. Tu es sûre que tu ne veux pas que je vienne à Atlanta ?

– Pas question ! répondit sa mère, un peu trop précipitamment. Ne dis pas de bêtises ! Je veux absolument que tu partes avec Daniel. Tu sais que je l'ai toujours beaucoup apprécié.

Puis, après un silence :

– Je suis tellement fière de toi, Ariana. Tellement heureuse pour toi, aussi. Tu as tout ce que j'ai toujours voulu pour toi... Tout ce que je n'ai pas eu la chance d'avoir.

– Je sais. Seulement, ça me contrarie de te laisser seule.

Ariana se mordit la lèvre.

– Promets-moi de m'appeler si tu as besoin de quelque chose. Je ne sais pas si j'aurai du réseau sur mon portable à la montagne, mais...

– Arrête de t'inquiéter, Ariana. Tout ira bien.

Mme Osgood eut un petit rire forcé. Puis on entendit de nouveau des voix étouffées derrière elle.

– Il faut que je raccroche, dit-elle. Je te rappelle bientôt, mon trésor.

– Entendu. Je t'aime, maman ! Et je suis contente que

tu rentres à la maison. Je regrette de ne pas être avec toi pour fêter ça.

– Moi aussi, je t'aime, ma chérie.

Les yeux clos, Ariana garda longtemps le téléphone contre son oreille après la fin de la communication.

Embarrassant

– Pourquoi fait-il toujours plus froid ici que dehors ? gémit Ariana en suivant Paige, Isobel et Noëlle dans la chapelle d'Easton, le lendemain matin.

Elle releva en frissonnant le col de son manteau de laine blanc.

Ariana, qui avait grandi en Géorgie, n'était pas habituée au climat du Connecticut en hiver. Un froid mordant, tenace, qui s'infiltrait jusque dans les os. Aucune écharpe, aucun manteau ni bonnet ne suffisait à la protéger.

– Comme si on n'avait que ça à faire, en plus, grommela Paige. Mes Vuitton ne vont pas se remplir toutes seules.

– Ça ne devrait pas être long, lui assura Isobel.

Elle retira son bonnet de laine et secoua sa superbe tignasse brune.

Le directeur de l'établissement, M. Cox, avait convoqué une réunion exceptionnelle pour leur rappeler le règlement de l'académie concernant les vacances d'hiver. Contrairement à Paige, Ariana était ravie de cette distraction. Elle en avait assez de sécher sur son devoir et de s'inquiéter pour sa mère, qui allait se retrouver seule dans sa grande maison d'ici quelques heures.

L'intérieur de la chapelle était plongé dans la pénombre ; la clarté grise du dehors qui filtrait par les vitraux et les lampes vacillantes autour de l'autel étaient les seules sources de lumière. Emmitouflée dans son manteau, Ariana suivit Noëlle jusqu'au banc réservé aux élèves de première, au milieu de l'édifice. Elles quittèrent Isobel et Paige, qui, en tant qu'élèves de terminale et filles Billings, occupaient des sièges de choix au fond de l'édifice. À Easton, des privilèges de ce genre rappelaient en permanence le rang de chacun. Ariana se glissa à côté de deux autres filles Billings, Leanne Shore et Natasha Crenshaw. Elle leur sourit en guise de salut et souffla sur ses mains.

– Tiens, prends ça, fit Noëlle en lui passant ses gants de cachemire. Tu as les doigts violets.

– Merci, dit Ariana.

Ariana enfila les gants et se sentit aussitôt beaucoup mieux. Elle adorait quand son amie prenait soin d'elle.

– Je vais en commander une paire pour Noël, plaisanta-t-elle.

– Rappelle-moi d'en parler à Daniel. C'est une idée de cadeau hyper glamour, ironisa Noëlle.

– Votre attention s'il vous plaît..., tonna M. Cox dans le micro.

Sa voix résonna dans toute la chapelle. Le silence se fit instantanément.

– Bienvenue à tous ! Je n'ai que de brèves remarques à faire ce matin, mais elles sont d'une importance capitale. Je vous suggère donc de m'écouter attentivement.

Un ronflement sonore s'éleva au fond de la salle et Gage Coolidge s'affaissa ostensiblement sur son banc. Des ricanements fusèrent. Soit M. Cox n'avait rien entendu, soit il avait décidé de ne pas relever. Ariana regarda du côté des garçons. Thomas félicitait Gage en silence.

Quels gamins !

En voyant Thomas à la lumière du jour, Ariana constata avec satisfaction qu'il la laissait totalement indifférente. Pas de bouffée de chaleur, pas de rougissement intempestif, rien. L'autre soir, l'atmosphère festive et les quelques gorgées de champagne qu'elle s'était autorisée à boire avaient sûrement contribué à son trouble. Un moment de folie passagère...

– Comme vous le savez, l'académie d'Easton fermera ses portes demain à dix-huit heures, enchaîna le directeur.

La lumière des lanternes produisait un spectacle d'ombres chinoises sur le crâne presque chauve du doyen, debout à son côté.

– Dix-huit heures précises, reprit M. Cox. Passé cette heure, seuls les élèves munis d'une dérogation seront autorisés à aller et venir sur le campus. Ils logeront tous dans le bâtiment Gleck. Aucun autre dortoir ne sera ouvert pendant cette période.

Les élèves concernés étaient principalement des étudiants étrangers, qui restaient à Easton pendant les vacances, car ils habitaient trop loin.

– Il serait trop coûteux de chauffer tous les dortoirs, étant donné le petit nombre d'élèves qui restent sur le campus.

– Les milliers de dollars qu'ils extorquent à nos parents ne servent donc pas à payer les factures ? souffla Natasha.

Elle leva les yeux des mots croisés du *New York Times,* qu'elle complétait au stylo bille. Le mois dernier, elle avait annoncé qu'elle répéterait l'exercice chaque jour, jusqu'à ce qu'elle arrive à remplir une grille entière sans se faire aider.

– Toujours pas ? chuchota Ariana.

– Non, et pourtant, je m'acharne, plaisanta Natasha en complétant le 24 horizontal.

Leanne décocha un regard assassin à Ariana, qui se retourna. Natasha et Leanne étaient amies et camarades de chambre, et Ariana avait toujours trouvé Leanne un peu trop possessive.

Échaudée, elle renonça à engager une autre conversation et se remémora l'échange téléphonique avec sa mère. Au fond, elle se réjouissait que celle-ci puisse enfin quitter l'hôpital, avec ses murs blancs et nus, ses infirmières revêches et ses heures de visites réglementées. Elle était contente qu'elle puisse enfin rentrer chez elle, mais convaincue qu'elle n'était pas prête. Et elle ne voulait pas revivre ce cauchemar. Entrer dans la grande maison silencieuse, appeler sa mère et entendre sa propre voix résonner dans le hall. Monter l'escalier quatre à quatre, courir dans le couloir interminable, pousser la porte de la chambre et découvrir…

– Je répète…, fit la voix de M. Cox.

Ariana redescendit brusquement sur terre, le cœur battant la chamade.

« Non. Stop. »

Il fallait qu'elle arrête de se torturer. Cet événement remontait à plus de deux ans, et les images surgissaient encore dans son esprit, aussi nettes que si la scène était en train de se produire.

– Tout élève qui enfreindra l'une de ces règles sera immédiatement renvoyé.

Le silence retomba. Cox n'était pas du genre à proférer des menaces en l'air. Ariana tenta de se calmer.

Inspire… Expire… Inspire…

« Maman va bien. Tout va bien se passer. »

Inspire… Expire… Inspire…

« Ça ne se reproduira pas. Je n'ai pas de raison de m'inquiéter. »

Inspire… Expire… Inspire…

« C'est terminé. Terminé pour de bon… »

Du coin de l'œil, Ariana vit Noëlle la regarder avec perplexité. Elle retrouva une respiration normale, mais elle n'était pas sûre de la conserver longtemps. Elle étouffait, dans cette chapelle.

– Cela concerne tous les élèves qui seraient surpris sur le campus sans les autorisations requises, et tous ceux qui tenteraient d'entrer dans un dortoir autre que Gleck, précisa M. Cox. Nous ne ferons aucune exception.

Il marqua une pause pour souligner son propos, et promena un regard sévère sur la foule.

Soudain, Ariana revit avec netteté le visage de l'ambulancier qui était penché au-dessus d'elle quand elle s'était réveillée de son évanouissement, après le choc. Elle suffoqua.

« Il faut que je sorte d'ici. Immédiatement. »

– C'est tout. Vous pouvez disposer.

Un brouhaha emplit la chapelle. Les élèves se ruèrent vers la sortie. Ariana se leva, prise de vertige. Elle bouscula un groupe de filles de seconde et ignora les appels de Noëlle. Une digue avait cédé dans son cerveau, et les images de ce jour atroce déferlaient sur elle, menaçant de la noyer. Elle franchit la porte en titubant et aspira une grande goulée d'air glacé. Puis elle s'adossa au mur de pierre et ferma les yeux, essayant simultanément de se soustraire à la foule et à ses pensées.

– Salut, petite coquine.

Ariana aurait reconnu entre mille cette voix impertinente, ce ton moqueur. Elle ouvrit les yeux et vit Thomas, planté devant elle, en jean déchiré et T-shirt gris. Il ne portait pas de manteau, malgré la neige. Seule une vieille casquette marron le protégeait des intempéries. Comment pouvait-on être à ce point insensible au froid ?

Son cœur fit un saut périlleux.

Aïe. Il ne manquait plus que ça. Apparemment, c'est la distance qui l'avait empêchée de réagir à sa présence, tout à l'heure, dans la chapelle.

– Pardon ? demanda-t-elle, les joues en feu.

Thomas eut un petit sourire rusé.

– Je sais que tu prétends être une fille sage..., mais cette caresse sur ma cuisse tend à prouver le contraire. D'où ce nouveau surnom.

– Je ne sais pas de quoi tu parles, rétorqua Ariana à voix basse, en le fusillant du regard... J'étais soûle. Et j'apprécierais que tu ne m'appelles pas comme ça.

Elle se décolla du mur et contourna la chapelle en direction des salles de cours. Thomas lui emboîta le pas.

– Menteuse ! Tu es ravie que j'aie trouvé un petit nom rien que pour toi.

Ariana pivota brusquement.

– Sûrement pas ! Fiche-moi la paix.

Thomas leva les mains et lui décocha un sourire à tomber.

– Je ne crois pas que tu étais soûle. Tu savais parfaitement ce que tu faisais.

Le gris du ciel accentuait encore le bleu sidérant de ses yeux. Il souffla sur la mèche qui lui tombait sur le front. Ariana s'appliqua à regarder droit devant elle.

– Tu crois ce que tu veux, dit-elle d'un ton détaché.

– C'est clair. Et toi, tu te racontes des histoires, s'esclaffa Thomas.

Ariana secoua la tête comme pour en chasser le souvenir de ce qu'elle avait fait le samedi soir. La voix fragile de sa mère résonna dans sa mémoire. Elle était si contente qu'Ariana sorte avec Daniel, fréquente les Ryan…

Ariana n'avait pas le choix. Elle devait oublier ce sentiment de liberté qu'elle avait eu en flirtant avec Thomas. La façon dont il l'avait regardée, comme s'il lisait dans ses pensées. Il n'avait pas ce pouvoir, bien sûr. Personne ne l'avait, pas même Noëlle.

Elle s'arrêta au milieu de la cour carrée et se tourna vers Thomas, la mine hostile.

– Je vais le répéter lentement, pour que tu comprennes à travers ton brouillard de drogues. Fiche. Moi. La. Paix.

Thomas pâlit. Il parut blessé, mais retrouva rapidement son air effronté.

– Entendu. Je te fiche la paix. Pour l'instant…

Il jeta un coup d'œil sur sa gauche, sourit, puis la fixa de nouveau.

– À plus tard, petite coquine.

Après son départ, Ariana regarda autour d'elle pour voir ce qui l'avait fait sourire, et se retrouva nez à nez avec Daniel et Paige.

Les doigts tremblants, elle empoigna son avant-bras gauche dans sa main droite, et serra si fort qu'elle en eut la circulation coupée, à travers son épais manteau.

Étaient-ils là depuis le début ? Avaient-ils entendu sa conversation avec Thomas ? Elle s'efforça de sourire et embrassa Daniel sur la joue.

– Je ne savais pas que vous étiez là.

Avait-il entendu Thomas la traiter de coquine ? Si oui, elle allait passer un sale quart d'heure.

– Non, visiblement, fit Paige, le sourire figé, les yeux froids. Tu es prête à aller en cours ?

Ariana hocha la tête, trop angoissée pour parler.

– Bien.

Paige s'interposa entre Daniel et Ariana.

– Dans ce cas, allons-y.

– À tout à l'heure, dit Daniel.

Il avait l'air confus, mais pas blessé. Ni fâché. Ariana ne savait quoi penser.

– Ouais. À tout à l'heure.

Ariana et Paige traversèrent la cour carrée. Ariana marchait d'un pas hésitant, certaine que Paige allait l'agresser d'une seconde à l'autre. Mais rien ne se produisit. Du moins, pas sous forme verbale. Régulièrement, Ariana sentait le regard froid et accusateur de sa camarade se poser sur elle. Elle regarda devant elle en se répétant que son imagination lui jouait des tours.

Et elle n'était pas loin de le croire.

« Madame Bovary, c'est moi »

– Vous connaissez tous la citation d'Oscar Wilde : « La vie imite l'art » ? Eh bien, ce roman en est une parfaite illustration.

M. Holmes s'appuya contre son bureau en acajou, son exemplaire de *Madame Bovary* dans une main, un mug de café dans l'autre.

– Quand cette histoire de femme mariée, malheureuse et infidèle est parue dans la *Revue de Paris*, Flaubert a été traduit devant la justice, accusé d'immoralité.

– Il est trop sexy quand il parle d'immoralité, chuchota Paige, assise à côté d'Ariana.

– Tu m'étonnes ! approuva Isobel. Ça me donnerait presque envie de lire le bouquin.

Elle balança ses tresses brunes par-dessus son épaule et ajouta :

– Presque.

Ariana roula les yeux et se concentra sur ses notes. Quasiment toutes les filles du campus craquaient sur le jeune professeur de littérature anglaise venu enseigner à Easton quelques années plus tôt, à sa sortie de Princeton. Mais pas elle. Ou plus exactement, son physique la laissait indifférente. En revanche, elle aimait la façon qu'il avait de donner vie aux personnages qu'ils étudiaient, à leurs univers. Elle était fière d'assister à ce cours sur la littérature française du XVIIIe siècle. La classe ne comptait que huit élèves, tous en terminale, sauf elle. Penser que M. Holmes l'avait trouvée assez brillante pour suivre un des cours les plus difficiles d'Easton la comblait de joie.

– De fait, Flaubert se sentait très proche d'Emma Bovary, continua le professeur. Il a donné à son personnage beaucoup de ses propres défauts. D'où sa célèbre citation : « *Madame Bovary, c'est moi*[1]. »

Il roula les manches de sa chemise blanche.

– Traduction ?

– Ça veut dire « Je suis madame Bovary » lâcha Connie Tolson, une élève de terminale raide et guindée, assise à la droite d'Ariana.

– Absolument, mademoiselle Tolson ! gloussa M. Holmes. Je vous remercie pour cette remarque créative.

1. En français dans le texte.

Il posa le livre sur son bureau et s'essuya les mains sur son pantalon de toile, où elles laissèrent de légères traces de craie.

– Pathétique, commenta Isobel à voix basse. Elle ne sait plus quoi inventer pour se faire remarquer.

Ariana secoua la tête.

– Tu es méchante.

– J'assume.

– Flaubert a su établir une relation remarquable entre son héroïne et ses lecteurs, continua M. Holmes. Ainsi, alors que cette femme multiplie les excès et les trahisons au fil du roman, alors que nous assistons en direct aux destructions qu'elle provoque dans la seule perspective de son propre contentement, nous compatissons avec elle. Curieusement, nous prenons fait et cause pour elle ; nous lui souhaitons de trouver le bonheur. Et nous sommes effondrés lorsqu'elle échoue.

– Euh, pas moi ! signala Connie. Je trouve qu'elle a eu tort de tromper son mari aussi souvent. Une femme qui fait ce genre de choses ne mérite pas d'être heureuse.

« Et une fille qui porte des cuissardes rouges ne mérite pas d'étudier à Easton, riposta Ariana en pensée. Pourtant je ne lève pas la main pour l'annoncer à toute la classe. »

Elle observa attentivement Connie, avec son air de sainte nitouche.

– C'est une idée intéressante, mademoiselle Tolson, dit M. Holmes en haussant un sourcil. Mais laissez-moi jouer l'avocat du diable. Ne méritons-nous pas tous d'être heureux ? Ou, du moins, de rechercher ce qui pourrait nous rendre heureux ? N'est-ce pas un droit humain fondamental ?

– Pas si pour être heureux, on fait souffrir quelqu'un d'autre, répliqua Connie d'un ton sentencieux.

– Absolument d'accord ! fit Paige.

Connie abandonna son air pincé pour écarquiller les yeux de surprise, et Isobel faillit s'étrangler avec son café.

– Les gens qui ne réfléchissent pas aux conséquences de leurs actes sur leurs proches sont des égoïstes, reprit Paige.

Elle se pencha en avant.

– N'est-ce pas, Ariana ? demanda-t-elle d'un ton sirupeux, tandis qu'une lueur de défi passait dans ses yeux verts.

Le cœur de l'intéressée s'affola. Paige avait entendu le surnom que Thomas lui avait donné. Il n'y avait pas d'autre explication.

– Mademoiselle Osgood, voulez-vous faire une remarque ? demanda M. Holmes en souriant.

Ariana inspira à fond.

– Euh… oui, répondit-elle tranquillement.

Dans le cadre de Billings, Ariana aurait probablement hésité à contredire Paige, de crainte de s'attirer ses foudres. Ici, c'était différent. Ses résultats scolaires en dépendaient.

– Je pense qu'il serait injuste de faire peser toute la responsabilité du bonheur de Charles Bovary sur les épaules d'Emma. Charles est responsable de son propre bonheur, de même qu'Emma est responsable du sien.

M. Holmes hocha la tête et Ariana poursuivit d'une voix plus assurée :

– Et même si elle ne l'a jamais trouvé, au moins, elle a eu le cran d'essayer.

Connie croisa les bras et la fixa d'un air accusateur.

– Si j'ai bien compris, tu trouves ça normal d'avoir…

Elle s'arrêta un instant, balança sa tresse maigrichonne par-dessus son épaule et reprit :

– Des *relations* avec plusieurs hommes pour être heureuse ?

– Il n'y a pas qu'Emma qui a besoin d'avoir des relations, chuchota Isobel, juste assez fort pour être entendue.

Ariana crut voir un sourire traverser le visage de M. Holmes. Elle l'en apprécia d'autant plus.

– Ce n'est pas ce que j'ai dit.

Elle secoua vigoureusement la tête, ignorant le regard mauvais de Paige.

– Elle a fait des erreurs et elle les a payées. Nous faisons tous des erreurs, et je pense que c'est pour cela que nous nous sentons aussi proches d'Emma. Elle est humaine.

Elle a des défauts. Mais elle fait de son mieux, il faut au moins lui reconnaître cela.

Ariana se renversa sur son dossier, surprise par la tirade qui venait de lui échapper. Elle ignorait qu'elle avait une opinion aussi tranchée sur le sujet, avant d'être confrontée à l'étroitesse d'esprit de Connie et Paige. Cela dit, elle était assez intelligente pour comprendre ce qui l'avait fait réagir ainsi.

C'était Thomas.

– Ariana a raison, dit M. Holmes en glissant son livre dans sa sacoche en cuir. Ce sont les défauts d'Emma Bovary qui nous la rendent aussi accessible. Et effectivement, elle paie pour ses erreurs. Toutefois, mademoiselle Osgood, ajouta-t-il gentiment, on pourrait arguer que sa mort douloureuse est la sanction de son comportement immoral.

Ariana eut un coup au cœur. Comme si M. Holmes venait soudain de la condamner au même destin qu'Emma Bovary.

– Ce serait comme le karma, dit-elle.

– Exactement, approuva M. Holmes, en tripotant son alliance.

Il jeta un coup d'œil à l'horloge.

– Désolé de vous avoir gardés aussi longtemps. Nous continuerons cette discussion après les vacances. En attendant, si vous avez des réflexions sur la moralité, notez-les. Nous en parlerons la prochaine fois.

Il sortit un journal plié de sa poche. Comme Natasha, M. Holmes faisait les mots croisés du *New York Times*.

– Une dernière chose : n'oubliez pas, avant de quitter le campus, de glisser vos devoirs dans ma boîte aux lettres – s'il vous plaît, pas de fichiers joints par e-mail, cria-t-il pour couvrir le vacarme des élèves qui rangeaient leurs affaires. Passez tous de bonnes vacances !

Le devoir ! Le pouls d'Ariana s'affola. Avec toutes ces histoires, elle l'avait complètement oublié. Et pour l'instant elle n'avait réussi à produire qu'un document Word vierge. Cette peur panique de la page blanche ne lui ressemblait pas. Elle avait toujours su se concentrer, même dans les pires conditions. Petite, elle avait pris l'habitude de se réfugier dans sa tête à la moindre frayeur, et d'y rester jusqu'à ce que le danger lui semble écarté. Elle se blottissait dans son lit avec *Jane Eyre* ou *Mrs Dalloway*, et restait sourde aux cris effrayants de sa mère, aux menaces qu'elle lançait à son père comme des grenades dégoupillées. « Ne me pousse pas à bout. Je vais le faire. Je te jure que je vais le faire, et tu le regretteras... »

– Qu'est-ce qui t'arrive ? demanda Isobel en chaussant ses énormes lunettes de soleil Gucci.

– Rien..., répondit distraitement Ariana, qui s'appliquait à éviter le regard de Paige.

Celle-ci avait le pouvoir de gâcher ses vacances de Noël, et au-delà, sa vie à Billings. En voulant plaire à M. Holmes, elle l'avait momentanément oubliée. Qu'est-ce qui lui avait pris de tenir tête à Paige Ryan ? À Easton, personne ne la contredisait, jamais. C'était une règle tacite.

– C'est juste que je suis loin d'avoir terminé le devoir, avoua-t-elle à Isobel en boutonnant son manteau. Je crois que je vais devoir rester ici un jour ou deux, le temps de le finir.

– C'est ridicule ! s'esclaffa Paige. Tu n'as qu'à demander un délai.

Isobel approuva :

– Holmes m'a donné une semaine de plus pour rendre mon devoir sur *Les liaisons dangereuses*.

– Ouais, pourquoi pas..., fit Ariana.

Cette perspective lui faisait horreur. Elle n'avait encore jamais demandé de délai, et elle ne se voyait pas commencer aujourd'hui. Mais elle savait que la suggestion de Paige était un ordre déguisé. L'idée qu'Ariana allait faire faux bond à Daniel, même une journée, devait clairement lui déplaire.

– Je vais lui poser la question, concéda-t-elle en se baissant pour récupérer son sac.

Ses cheveux blonds tombèrent devant son visage. Parfait pour la dissimuler au regard perçant de Paige.

– Je vous retrouve tout à l'heure.

– À plus, alors, dit Isobel d'un ton léger.

Ariana regarda les filles s'éloigner, puis sortir. Elle resta assise, le ventre noué, en attendant que la classe se vide. L'idée de demander une faveur à M. Holmes, au risque de perdre son estime, la contrariait. Mais c'était ça ou subir les foudres de Paige.

– Monsieur ?

Sa voix était quasiment inaudible. Elle se racla la gorge et fit une nouvelle tentative :

– Monsieur, je voudrais vous poser une question…

Le professeur leva les yeux de ses mots croisés et lui sourit.

– Bien sûr, mademoiselle Osgood. Que puis-je faire pour vous ?

Son intonation aimable lui donna confiance en elle. Elle se jeta à l'eau :

– Je me demandais si vous pourriez m'accorder un délai pour rendre le devoir ? Je pars demain avec mon petit ami, et…

Elle s'interrompit, rouge de honte. Pourquoi avait-elle parlé de Daniel ? C'était un détail superflu qui ne pouvait que lui faire du tort. Son cœur sombra quand elle vit M. Holmes secouer la tête.

– Hélas, non, dit-il en croisant ses mains tachées d'encre. En temps normal, je vous l'aurais accordé, mais je dois inscrire la note sur le registre d'ici vendredi midi. Je suis désolé.

– Ah. Je comprends. Merci quand même.

Elle se leva précipitamment et quitta la classe avant que M. Holmes ait pu ajouter un mot. L'humiliation lui cuisait les joues. Elle savait qu'elle n'aurait pas dû lui poser la question. C'était une erreur. Une erreur qu'elle devrait réparer en rendant un devoir exceptionnel. Car maintenant, forcément, il attendrait quelque chose de médiocre. Et elle n'avait plus que quelques heures pour écrire cet excellent devoir à partir de rien. Sans quoi, elle serait forcée de repousser son départ pour le Vermont et d'affronter la colère de Paige.

Claustrophobie

– Bon, tu te décides, qu'on sorte de là ? s'impatienta Noëlle, campée entre deux rayons de coupe-vent, dans la boutique North Face du centre-ville d'Easton.

Avec sa peau lisse, ses diamants aux oreilles, son sac Longchamp sur le bras, on aurait dit un mannequin disposé par erreur dans le mauvais magasin.

– D'accord. Qu'est-ce que tu penses de ça ? demanda Ariana en lui montrant un bonnet de ski en polaire rouge.

– Tu plaisantes ? On a passé une demi-heure ici, par une chaleur à crever, pour que tu lui achètes un truc en polaire ? Je ne comprends pas. Tu lui as déjà trouvé un cadeau de Noël parfaitement acceptable.

– Je voulais juste lui offrir un petit quelque chose de plus, protesta Ariana, découragée.

– Alors prends le bonnet, et allons-y. Cet endroit me file des boutons, dit Noëlle, en remettant son écharpe.

– Je ne sais pas…

Noëlle grogna et chaussa ses lunettes de soleil.

– OK, je déclare forfait. Viens me retrouver aux *Petits Riens* quand tu auras fini d'être obsessionnelle.

– Je ne suis pas obsessionnelle, se défendit Ariana.

Noëlle était déjà loin. Une bouffée d'air glacé entra dans la boutique lorsqu'elle se glissa dehors.

– Je ne suis pas obsessionnelle, répéta Ariana en tripotant le bonnet rouge.

Mais elle n'était pas dupe. En sortant du cours de M. Holmes, elle avait soudain éprouvé le besoin irrépressible d'acheter quelque chose pour Daniel. Elle avait déjà fait graver une montre Tag Heuer à ses initiales, mais la soudaine hostilité de Paige la poussait à faire un geste pour lui exprimer son attachement. Et ça ne pouvait pas attendre le jour de Noël.

Mais il était six heures moins cinq ; la boutique allait fermer, et elle n'avait toujours pas commencé son devoir. Ariana aurait dû renoncer et suivre Noëlle, mais quelque chose l'en empêchait. Elle était incapable de rentrer à Billings sans avoir accompli son projet.

La vendeuse entreprit de recompter la caisse et le directeur de la boutique alla se poster près de la porte, les clés à la main. Ariana se tendit comme un arc, au bord de la panique. Pourquoi attachait-elle autant d'importance à ce projet ridicule ? Elle effleura une écharpe en cachemire et tenta de chasser l'idée qui l'obsédait : pour Paige, Ariana n'était digne de vivre à Billings que si elle était digne de sortir avec son frère. Penser que Paige avait pu entendre ce que Thomas lui avait dit le matin lui faisait mal au ventre. En plus, elle n'avait aucun moyen de le savoir avec certitude. Jamais Paige ne lui en parlerait. Ce serait trop facile. Elle se contenterait d'un commentaire sibyllin par-ci, d'un regard glacial par-là, jusqu'à ce qu'Ariana devienne folle. Une lente torture, brevetée Billings.

Ariana soupira et reposa l'écharpe. Elle examinait la manche d'un coupe-vent, lorsqu'une main, une main glacée, se referma sur sa nuque. Elle sursauta, fit volte-face et découvrit Thomas Pearson. Son cœur s'arrêta de battre et son cou la picota à l'endroit où il l'avait touchée. Elle feignit l'indignation.

– Qu'est-ce qui te prend, tu as un problème ? demanda-t-elle sèchement.

– Holà ! Tu es drôlement stressée, commenta-t-il avec un sourire ravageur.

Des flocons de neige parsemaient ses cheveux ; son nez et ses joues étaient rougis par le froid et il avait les yeux brillants. Ariana se mit à trembler de tout son corps, sans doute sous l'effet de l'adrénaline. Elle jeta un bref coup d'œil autour d'elle. Hormis la vendeuse et le directeur, il n'y avait que deux personnes dans la boutique, mais aucun élève de l'académie.

– Qu'est-ce que tu fabriques ici ?

Thomas la regarda d'un air benêt.

– Ben… du shopping.

– Bien sûr… Comme si tu portais du North Face, répondit-elle, espérant qu'il ne voyait pas son cœur battre la chamade à travers son pull. Tu serais plutôt grunge que fan de glisse.

Thomas haussa un sourcil.

– Tu t'intéresses à mon style vestimentaire, maintenant ?

– Arrête ça ! fit-elle d'une voix sourde.

Elle résista à l'envie pressante de s'éventer. La chaleur dans la boutique avait atteint des records.

– Que j'arrête quoi ? demanda-t-il.

– De faire comme si tu me connaissais. Comme si on était amis.

Elle se détourna et reprit le bonnet rouge.

– On n'est pas amis.

– Sans blague ?

Thomas s'avança vers elle au point de la frôler. De près, elle remarqua que ses iris étaient d'un bleu légèrement plus sombre autour de la pupille. Son cœur tambourinait, et elle avait le souffle court. Elle tenait toujours à la main le bonnet qu'elle voulait acheter pour Daniel, mais elle brûlait d'envie de l'enfiler sur la tête de Thomas et d'attirer son visage encore plus près, pour poser ses lèvres sur les siennes. En même temps, au fond d'elle-même, une voix lui criait qu'elle était folle. Comment pouvait-elle être attirée par un loser pareil ?

Un loser qui la troublait dangereusement.

Un loser qui se penchait vers elle pour l'embrasser...

Elle ferma les yeux, sentant son souffle chaud sur ses lèvres.

Soudain, le portant contre lequel elle s'appuyait fit une embardée. Déséquilibrée, Ariana bascula en avant contre la poitrine de Thomas.

– Oups ! Désolée, fit une voix féminine de l'autre côté.

Ariana se redressa brusquement et promena un regard affolé dans la boutique. Il lui semblait que les murs se rapprochaient, qu'ils allaient se refermer sur elle. Elle était oppressée, comme si ses côtes écrasaient ses poumons. Ses tempes bourdonnaient.

– Va-t'en. Vite !

– Ariana. Qu'est-ce qui t'arrive ?

Malgré sa panique, elle nota qu'il avait perdu son ton moqueur. Il semblait même inquiet, et elle en fut touchée.

Elle empoigna la barre métallique d'un portant chargé de vestes de ski et s'obligea à respirer.

Inspire... Expire... Inspire...

– Ariana ? Ça va ?

Thomas lui effleura le dos de sa paume, et elle tressaillit. Bien sûr que non, ça n'allait pas. Ne voyait-il pas qu'elle était en pleine crise de panique. Elle avait baissé la garde l'espace d'une seconde. Dans un lieu public, en plus... N'importe qui aurait pu la voir. C'était totalement inconscient. Si jamais Paige l'apprenait... Elle se défendit de penser à ce qui se produirait. Paige avait le pouvoir de la détruire. Les choses étaient déjà allées trop loin avec Thomas. Cela ne devait plus se reproduire. Jamais.

– Va-t'en, s'il te plaît, répéta-t-elle d'une voix rauque.

– Très bien.

Le visage de Thomas se ferma, son air inquiet disparut comme par enchantement, et il tourna les talons sans ajouter un mot.

Ariana ferma les yeux et continua à dompter sa respiration : « Inspire... Expire... », jusqu'à ce que les murs s'écartent de nouveau. Jusqu'à ce que l'air retrouve le chemin de ses poumons et que sa peau cesse de la brûler. Quand elle rouvrit les yeux, la vendeuse la regardait bizarrement.

– On ferme, dit-elle avec dédain, comme si elle s'adressait à un clochard venu se réchauffer dans la boutique.

« Bouge », se commanda Ariana en pensée. « Allez, bouge. »

Elle leva le menton et marcha comme un automate jusqu'à la caisse, où elle paya le bonnet de Daniel. Elle ne se souciait plus de savoir si ce cadeau lui plairait. Tout ce qui lui importait, c'était de partir d'ici pour aller se réfugier à Billings.

Elle était tellement absorbée par ses pensées qu'elle sentit à peine le vent glacial la gifler lorsqu'elle sortit dans la rue.

– Je serais curieuse de savoir ce qu'il faisait là, lança Noëlle en passant un bras sous le sien.

Le sang d'Ariana se figea. Pourquoi Noëlle n'était-elle pas chez *Petit Riens* ? Pourquoi l'attendait-elle dans la rue ? Avait-elle vu Thomas sortir de la boutique ?

En suivant son regard, Ariana comprit que son amie parlait de Sergueï. Ce dernier traversait tranquillement la rue, un petit sac North Face à la main. Il avait dû quitter la boutique juste avant Ariana. C'était curieux qu'elle ne l'ait pas croisé à l'intérieur.

– Ton admirateur secret a pris du galon : il est passé persécuteur, fit Noëlle avec un petit sourire.

Elle adressa un salut moqueur à Sergueï, qui enfonça les mains dans ses poches et pressa le pas.

– C'est trop mignon, commenta-t-elle.

– Arrête, Noëlle ! protesta Ariana. C'est tout sauf mignon.

Elle serra les poings en voyant Sergueï se retourner pour la regarder. Était-il dans la boutique depuis le début ? Avait-il assisté à sa crise de panique ? Et pire – l'avait-il vue avec Thomas ?

À cette pensée, son pouls s'emballa.

– Détends-toi, lui conseilla Noëlle. Ce mec est totalement inoffensif. Mettons qu'il craque un peu pour toi. Qu'est-ce que ça peut faire ? Qui ça dérange ?

« Moi », pensa Ariana, tandis que son amie l'entraînait.

Si Sergueï l'avait vue avec Thomas, elle était sérieusement dans le pétrin.

Sur le gril

– Comment ça, tu ne peux pas venir dans le Vermont ? demanda Daniel, les yeux étincelants.

La lumière du matin filtrait par les baies vitrées de la cafétéria. La salle commençait à se remplir et le son des rires, le cliquetis des couverts, le raclement des chaises sur le sol s'intensifiaient progressivement. Ariana regarda autour d'elle, curieuse de savoir si on les observait. La réponse était affirmative, bien sûr. Heureusement, les autres filles Billings n'étaient pas encore arrivées.

– C'est juste que je dois finir ce devoir, répondit-elle calmement.

« Ou plus exactement, le commencer », songea-t-elle.

Elle avait veillé toute la nuit pour essayer de coucher ses pensées sur le papier. Hélas, elles tournaient toutes autour de sa relation avec Daniel. La perspective d'aller plus loin avec lui l'obsédait, et elle voulait prévoir toutes les éventualités, examiner tous les scénarios possibles afin de ne pas être prise au dépourvu le jour J. Des heures durant, elle s'était imaginée avec lui dans une chambre luxueuse éclairée à la bougie. Elle portait sa nuisette en soie préférée, et lui, un T-shirt et un pantalon de pyjama à rayures. Il commençait à l'embrasser. Ils se déshabillaient mutuellement, avec des gestes lents. Tout se passait bien. Parfaitement, même. Mais chaque fois qu'elle arrivait au moment clé de sa rêverie, Daniel se métamorphosait en Thomas. Alors, consternée, en sueur, elle s'efforçait de reprendre au début. À ce rythme-là, elle ne serait jamais prête. Et elle n'arriverait jamais à écrire son devoir.

– Depuis combien de temps tu le sais ? lui demanda Daniel.

– Depuis hier soir, avoua Ariana.

Daniel poussa un soupir exagéré.

– Pourquoi tu ne m'as pas téléphoné ?

« Parce que je ne supportais pas l'idée de te faire faux bond, répondit Ariana en pensée. Je ne voulais pas admettre que j'avais échoué... »

– Je ne sais pas.

– Les Hearst viennent dîner ce soir, râla Daniel. Je voulais que tu sois là. Mes parents ont prévu que tu serais là.

Une veine palpitait sur sa tempe. Ariana étreignit son avant-bras et le serra de toutes ses forces. Elle détestait quand Daniel lui parlait ainsi. Elle avait l'impression d'être une gamine prise en faute.

– Je sais, et je suis désolée. J'ai juste besoin de cet après-midi. Je vous rejoindrai dès que j'aurai fini. Simplement, je ne peux pas partir avec toi dans une heure.

– C'est vraiment nul.

– Je sais. Et j'ai un petit cadeau pour me faire pardonner. Comme ça, tu seras au chaud en attendant mon arrivée, dit-elle avec un enthousiasme feint.

Elle lui tendit un petit paquet argenté orné d'un ruban de velours rouge. Elle avait passé une demi-heure à faire le nœud.

Daniel le regarda sans réagir, toujours fâché.

– Ouvre-le ! dit Ariana d'un ton enjoué.

Daniel soupira et arracha le ruban, qu'il laissa tomber par terre. Ariana serra les dents.

« Ce n'est qu'un nœud. On ne peut pas attendre d'un mec qu'il remarque un nœud... »

Daniel sortit le bonnet du paquet et le fixa sans rien dire. Les secondes s'éternisèrent. Ariana aurait aimé qu'il accepte ses excuses et passe à autre chose. La cafétéria se remplissait rapidement et les filles Billings avaient presque fini de faire la queue au self. Elle ne voulait pas continuer cette conversation devant ses amies. Encore moins devant Paige.

– Daniel ?

– C'est génial. Merci, dit-il, boudeur.

Il posa le bonnet sur la table au moment où leurs amis arrivaient.

– Oh, oh ! Il y a de l'orage dans l'air, lança Noëlle à la cantonade.

Elle posa son plateau sur la table et s'assit à sa place habituelle, à côté d'Ariana. Paige, Dash et Isobel occupèrent les autres chaises.

– Ari vous a raconté son rendez-vous galant d'hier soir ? reprit Noëlle.

Ariana crut qu'elle allait tomber en syncope. Tout le monde se tourna vers elle, et elle serra son mug de café si fort que ses articulations blanchirent. Noëlle parlait-elle de Thomas ? Les avait-elle vus ensemble, finalement ? Non, impossible.

– Ne fais pas l'innocente, dit Paige, hostile. On te connaît, va...

Elle s'assit au bout de la table et mordit dans une pomme verte.

– Ouais, enchaîna Isobel. Noëlle nous a parlé de ton amoureux Letton.

– Ton amoureux Letton ? fit Daniel, déconfit.

– Mais oui, Sergueï, chantonna Noëlle.

La table tout entière explosa de rire et Ariana se détendit soudain. Elle se força à rire et compta les boutons sur le chemisier de Noëlle jusqu'à ce que son cœur ait repris un rythme normal.

– Ce taré ? Qu'est-ce qu'il a encore fait ? demanda sèchement Daniel.

– Rien, répondit Ariana. On s'est juste retrouvés dans la même boutique au même moment.

Cette explication parut le satisfaire. Il piocha un grain de raisin dans la salade de fruits d'Ariana et se renversa sur le dossier de sa chaise, mastiquant d'un air boudeur. Il était toujours contrarié à cause du départ retardé d'Ariana, mais il n'était pas au courant pour Thomas.

– Tu pars à quelle heure, Noëlle ? se renseigna Isobel.

Ariana beurra son toast et se désintéressa de la conversation. Elle vit Thomas, assis à une table voisine, regarder Gage en secouant la tête. Ce dernier était plié en deux de rire. À quelques mètres de là, Sergueï était assis seul à une table, vêtu de son habituel pull à losanges. Des lunettes sur le nez, il était plongé dans un livre. Ariana le plaignit malgré elle. Ce mec était malsain, et peut-être qu'il l'espionnait, mais elle ne pouvait s'empêcher de le comprendre. Elle avait beau avoir des amis, résider à Billings, la solitude était un sentiment familier pour elle. Personne ne la connaissait vraiment, elle non plus.

Daniel lui effleura le bras. Elle croisa son regard et vit qu'il avait décidé de lui pardonner. La tension de ses épaules se relâcha.

– Je peux t'aider ? lui proposa-t-il en lissant son pantalon de toile. Faire quelque chose à ta place, pour te permettre de gagner du temps ?

– À quoi tu penses ? demanda Ariana, en regardant Paige découper son demi-pamplemousse.

Une goutte de jus acide atterrit sur sa joue. Paige s'excusa avec un rictus narquois avant de retourner à sa découpe.

– Rédiger ton devoir pendant que tu fais tes valises ? par exemple, suggéra Daniel.

– Tu n'as même pas lu le livre ! protesta Ariana en riant.

– Pas de problème ! dit Dash, la bouche pleine. Ce mec pisse la copie au kilomètre. Il a écrit le devoir de civilisation occidentale de Gage en une heure et demie l'an dernier, et il a eu un A⁻.

Ariana lança un regard étonné à Daniel, qui haussa les épaules.

– J'avais perdu un pari.

– C'est gentil, lui dit-elle, ravie de la tournure des événements. Mais je dois finir toute seule. Si tu veux m'aider, tu peux emporter mes valises dans le Vermont. Comme ça, je voyagerai léger par le train.

– Bien sûr. Autre chose ?

– Tu peux essayer ton cadeau, fit-elle, taquine.

Elle ramassa le bonnet qui traînait sur la table et le lui enfonça sur la tête. Daniel le tira sur ses yeux, puis le remonta au-dessus de ses sourcils.

– Comment tu me trouves ? demanda-t-il avec un sourire charmeur.

Elle rit.

– Hyper sexy !

Noëlle roula les yeux et but une gorgée de café.

Daniel ôta le bonnet et le fourra dans son sac à dos.

– Je l'adore. Merci. Vraiment. Tu es…

Le portable d'Ariana vibra sur la table, l'empêchant de finir sa phrase. Sur l'écran bleu s'affichaient les mots : « Nouveau message texte ». Elle ouvrit le clapet, intriguée. Les personnes susceptibles de lui envoyer un texto étaient toutes assises à sa table.

19 h, ancienne chapelle. Sois à l'heure, petite coquine.

Ariana leva les yeux, effarée. Thomas était toujours assis à côté de Gage, non loin de là. Mais cette fois, il la regardait. Elle piqua un fard et referma brusquement le téléphone. Daniel l'observa avec curiosité.

– C'était qui ?

– Hein ? fit-elle, le téléphone serré dans la main.

– Le message, insista Daniel. C'était qui ?

Il tendit la main pour lui prendre l'appareil, mais Ariana esquiva son geste et le rangea dans son sac en priant pour que Daniel n'ait pas remarqué sa soudaine nervosité.

– Personne.

– Qu'est-ce qui t'arrive ? s'emporta Daniel. Pourquoi tu ne veux pas me le montrer ?

– Et toi, pourquoi tu ne respectes pas ma vie privée ? rétorqua Ariana.

Elle avait les joues en feu. Isobel, Dash, Noëlle et Paige avaient cessé de manger pour les regarder se disputer.

Les yeux de Daniel étincelaient.

– Parce que. Tu es ma petite amie.

– Holà, Daniel ! On n'est plus au Moyen Âge, plaisanta Noëlle.

Ariana l'aurait embrassée.

– Daniel a raison, dit Paige d'un ton coupant. Il a le droit de savoir. Surtout qu'elle lui cache visiblement quelque chose.

Noëlle fixa son assiette.

– Je ne cache rien, répondit Ariana d'une voix calme.

Elle ne voulait surtout pas paraître sur la défensive.

– Alors qui c'était ? la défia Paige.

– Ma mère ! Elle n'arrête pas de m'envoyer des textos affectueux, assez embarrassants pour que je n'aie pas envie de les faire lire, improvisa Ariana.

Elle espérait que ses amis ne voyaient pas l'écriteau « menteuse » clignoter au-dessus de sa tête.

– C'est bon ? ajouta-t-elle. L'inquisition est terminée ?

– Ta mère sait écrire des textos ? fit Paige, sceptique.

Ariana haussa les épaules, faussement enjouée.

– Oui, c'est étonnant, non ? Et elle se débrouille aussi très bien avec la messagerie instantanée.

Elle était partagée entre l'envie désespérée que ses amis la croient, et la colère qui commençait à monter en elle. De quel droit Paige fouinait-elle ainsi dans sa vie ?

Noëlle bâilla ostensiblement.

– Je m'ennuie, annonça-t-elle.

Elle se leva et enfila son manteau.

– Je vous laisse. J'ai mes valises à boucler.

– Moi aussi, fit Dash.

– Et moi, il faut que j'aille finir mon devoir, enchaîna Ariana.

Elle se leva à son tour et récupéra son sac, qu'elle balança sur son épaule gauche, la plus éloignée de Paige… au cas où celle-ci aurait voulu lui subtiliser son téléphone. Puis elle regarda du côté de Thomas et vit qu'il la fixait toujours avec intensité.

– À tout à l'heure, lança-t-elle à Daniel.

– Entendu. Je passerai chercher tes affaires.

Il se leva pour l'embrasser. Sans cesser de regarder Thomas, Ariana attira Daniel à elle et lui donna un long baiser passionné. Lorsqu'elle desserra son étreinte, Daniel était écarlate et Thomas avait l'air estomaqué.

Ariana fit demi-tour et gagna la sortie en compagnie de Noëlle en affichant un sourire victorieux.

Thomas avait raison. Elle n'était peut-être pas aussi sage qu'elle le prétendait.

Contretemps

Un rai de lumière filtrait dans la chambre, dernier vestige du jour avant que l'obscurité n'envahisse le campus. Ariana consulta sa montre. Dix-huit heures précises, mardi soir. Il lui restait une heure pour aller mettre son devoir dans la boîte aux lettres de M. Holmes avant de sauter dans un taxi, direction la gare.

Après avoir lancé l'impression de son travail, elle laissa son regard errer sur les photos encadrées, posées sur son bureau. Elle s'attarda sur le cliché en noir et blanc que Daniel avait pris d'elle. Enveloppée dans un immense drap de bain, elle soufflait un baiser au photographe. La fille sur cette photo était radieuse. Amoureuse de son copain. Normale.

Ariana songea qu'elle pouvait redevenir cette fille-là. C'était même son vœu le plus cher. Thomas était très attirant, mais elle connaissait Daniel par cœur. Leur relation était sans surprise. C'était l'homme de sa vie, pour le meilleur et pour le pire. Il aurait les moyens d'accéder à tous ses désirs, et la mère d'Ariana en serait comblée. Son attirance pour Thomas n'était qu'une folie passagère.

Elle chercha son téléphone dans son sac et fit défiler les textos. Elle lut une dernière fois le message de Thomas, l'effaça et se sentit aussitôt plus légère. Sa décision était prise.

Ariana récupéra son devoir dans l'imprimante, l'agrafa à la hâte et le fourra dans son sac. Puis elle enroula un léger foulard turquoise autour de son cou et jeta un ultime coup d'œil aux photos. Elle avait fait le bon choix. Sa mère l'aurait approuvé. Elle prit son sac et quitta la chambre sans se retourner.

Un épais rideau de neige l'enveloppa à l'instant où elle sortit de Billings. Elle traversa la cour déserte en songeant que le temps avait encore empiré. La silhouette fantomatique de Hell Hall se dressa bientôt devant elle. Elle monta les marches deux à deux et poussa les portes battantes.

Le bâtiment était plongé dans le noir. Ariana longea le mur du couloir à tâtons jusqu'à la salle des professeurs. Ses pas résonnaient sur le sol de marbre. Elle s'immobilisa un instant et tendit l'oreille, à l'affût d'un rire ou d'une conversation étouffée. Mais le silence était de plomb.

Elle pesa de tout son poids contre la lourde porte, qui s'ouvrit en grinçant. Une lampe Tiffany poussiéreuse était allumée sur une table, dans un angle de la pièce. Des rangées de petits casiers en bois étaient disposés le long d'un mur. Ariana déchiffra les noms inscrits sous chaque boîte, jusqu'à ce qu'elle trouve celle de M. Holmes. Elle sortit son devoir de son sac et se hissa sur la pointe des pieds pour le glisser dans le casier du professeur, déjà plein à craquer.

Un vacarme soudain retentit dans le couloir. Instinctivement, Ariana s'accroupit sous les casiers. Elle se sentit aussitôt ridicule. Easton était l'endroit le moins dangereux du monde. Simplement, elle n'était pas habituée à voir les lieux déserts. Elle secoua la tête et s'avança vers la sortie, quand un nouveau bruit l'alerta. Était-ce une porte qu'on venait d'ouvrir, ou le vent qui avait secoué une fenêtre ? Difficile à dire. Elle ferma les yeux et retint son souffle.

Le campus était quasiment vide. Qui d'autre pouvait venir à Hell Hall à une heure pareille ? Ariana ouvrit la porte et s'aventura avec précaution dans le couloir. Personne. Pourtant, elle se sentait épiée. Elle pressa le pas, puis se mit à courir. Bientôt, elle n'entendit plus que le bruit de son cœur qui résonnait dans ses oreilles.

« C'est ridicule, se disait-elle, tout en courant. Il n'y a personne, ici. Per... »

À moins d'un mètre des portes battantes, elle percuta violemment un corps et hurla. Une main se plaqua sur sa bouche. Son dos cogna contre le mur. Dans la pénombre, elle ne distinguait que les contours de son agresseur. Une silhouette encapuchonnée, grande mais svelte. Elle ouvrit la bouche pour mordre, juste avant de reconnaître l'odeur épicée de Thomas Pearson.

– Hé, doucement ! chuchota-t-il. Ce n'est que moi.

Il relâcha son étreinte et Ariana recommença à respirer.

– Thomas ! Tu veux mourir, ou quoi ?

Elle s'appuya contre le mur, en proie à une violente décharge d'adrénaline. Elle essuya ses mains moites sur son manteau et tenta de maîtriser son souffle.

– Qu'est-ce que tu fabriques ici ?

– Je passais...

Il ôta sa capuche et se mit à rire. Ariana se détendit.

– Absolument pas crédible...

Les yeux de Thomas brillaient dans l'obscurité, et de son corps irradiait une douce chaleur.

– OK, j'avoue. J'ai pensé que tu aurais besoin d'aide pour aller à la chapelle.

Ariana sentit son cœur s'emballer, mais elle se rappela sa décision. Elle devait absolument s'y tenir.

– Je ne peux pas. Je dois aller à la gare. Je rejoins Daniel dans le Vermont ce soir.

– Tu n'as qu'à partir demain matin, suggéra-t-il en se rapprochant.

Ariana recula et se cogna de nouveau contre le mur. Thomas n'était plus qu'à quelques centimètres ; elle sentit sa résistance fondre. Il avait un pouvoir étrange sur elle. Le pouvoir de lui faire oublier tout ce qu'elle partageait avec Daniel. Oublier ce qui pourrait arriver si on les voyait ensemble. Ce qu'elle risquait de perdre. Billings. Easton. Sa mère.

Bientôt, il fut si proche que plus rien n'exista.

– Je sais que tu as envie de rester, murmura-t-il.

Il avança encore d'un pas. Les pointes de leurs chaussures se touchèrent.

« C'est vrai », pensa Ariana.

Elle dut se faire violence pour ne pas l'embrasser.

– Ariana...

Elle glissa une main derrière la nuque de Thomas et le fit taire en plaquant ses lèvres sur les siennes. Elle l'embrassa avec fougue jusqu'à ce qu'il soit remis de sa surprise et lui rende son baiser. Il lui ôta son foulard et ses lèvres glissèrent vers son oreille, puis son cou. Simultanément, il s'attaquait aux boutons de son manteau tandis qu'elle glissait les mains sous son pull. Le contact de sa peau l'électrisa. Elle laissa tomber son manteau par terre et fit courir ses doigts sur sa poitrine. Son corps tout entier tremblait d'excitation. Elle n'avait encore jamais rien éprouvé de tel et s'abandonna à ces sensations nouvelles. Mais ce n'était pas suffisant. Elle en voulait plus. Tout de suite !

Pourtant, quand il voulut lui retirer son pull, elle le repoussa.

– Attends ! souffla-t-elle. Pas ici. Il y a encore des profs.

Sans un mot, il la prit par la main et l'entraîna. Ariana eut juste le temps de ramasser son manteau et son sac. Pas une seconde, elle ne se rappela qu'elle était censée aimer Daniel. Qu'elle devait prendre un taxi pour aller à la gare. Elle laissa Thomas la conduire à la lisière des bois sans réfléchir. Elle ne savait pas ce que l'avenir proche lui réservait.

Et, pour la première fois de sa vie, elle s'en moquait éperdument.

Lieu sacré

– Après toi.

Thomas retint une branche de sapin couverte de neige pour laisser passer Ariana. Derrière eux se dressait l'escalier de pierre délabré de la vieille chapelle. Le bâtiment était voué à la démolition depuis le début de l'année, et serait probablement rasé d'ici la fin décembre. Les élèves avaient l'interdiction de s'aventurer dans le sous-bois tant que la zone n'était pas dégagée. Cependant, quelques-uns – dont Thomas – ignoraient royalement l'avertissement du doyen. C'était l'endroit idéal pour se livrer à des activités illicites.

– Il y a un moment que je ne suis pas venue ici, dit Ariana.

Elle renversa la tête pour admirer le vitrail circulaire au-dessus de la porte, puis le clocher décrépit, et fut prise d'un soudain accès de tristesse. Cette vieille bâtisse était devenue encore plus belle, plus imposante avec l'âge. Pourtant, il n'en resterait bientôt plus rien.

Thomas gravit les marches, poussa la porte et fit signe à Ariana d'entrer. Elle prit une profonde inspiration avant de franchir le seuil.

– La vache, ça pèle ! chuchota Thomas en refermant la porte derrière eux.

Ariana hocha la tête en silence, même si elle savait qu'il ne la voyait pas dans le noir.

Elle croisa les bras. Le froid s'infiltrait sous ses vêtements et la glaçait jusqu'aux os. Avec un peu de chance, son cerveau serait engourdi, lui aussi. Cela lui éviterait de réfléchir à ses actes.

– Et voilà.

Une flamme jaillit dans le noir. Thomas approcha son briquet d'une bougie plantée dans une applique, à gauche de la porte. Il répéta l'opération à droite de l'entrée et une lueur vacillante éclaira les rangées de bancs poussiéreux qui meublaient le petit édifice.

– Tiens, tu peux allumer là-bas ? lui demanda-t-il, en lui tendant le briquet.

Il indiqua du menton des cierges posés sur l'autel.

Ariana prit le briquet et s'avança vers le fond de la chapelle en le tenant devant elle. La flamme éclaira un fragment de verre bleu à ses pieds. Elle s'agenouilla pour le ramasser, émue par la beauté décadente des lieux. Elle se sentait en communion avec cet endroit ; il était en ruine, comme elle. Mais il était aussi habité par la présence de tous ceux qui étaient passés ici. Les esprits d'élèves depuis longtemps morts et oubliés flottaient entre ces murs sacrés.

Un jour, son tour viendrait. Celui de Thomas aussi. Noëlle, Daniel, Isobel et les autres… Un jour, tous seraient morts et oubliés…

– Ariana ?

La voix de Thomas la fit sursauter. Le métal du briquet lui brûla le pouce et elle le laissa tomber. Elle le récupéra à tâtons, puis gagna rapidement le fond de la chapelle. L'autel était couvert de cierges, dont certains avaient presque complètement fondu. Un mégot traînait sur les marches. Elle le repoussa de la pointe du pied et s'appliqua à allumer les cierges un par un.

– Au fait, qu'est-ce que tu fabriques ici ? demanda-t-elle à Thomas. Tu ne rentres pas à New York pour les vacances ?

Il ne répondit pas. Ariana se demanda s'il l'avait entendue. Les bougies s'allumaient en grésillant. Derrière l'autel de marbre, elle aperçut de nouvelles rangées de bancs, probablement réservés au chœur.

– Thomas ?

Il était toujours près de la porte, en train de composer un message sur son téléphone. Il referma le clapet et glissa l'appareil dans le sac d'Ariana.

– Qu'est-ce que tu fais avec mon portable ? demanda-t-elle, agacée.

Comment osait-il fouiller dans ses affaires ?

Il enfonça les mains dans ses poches et s'approcha d'elle.

– J'ai écrit à Ryan de ne pas t'attendre.

« Ryan ». Ariana se couvrit de chair de poule à la mention du nom de Daniel. Sa gorge lui parut soudain affreusement sèche.

– Qu'est-ce que tu lui as dit ?

– Relax ! fit Thomas en riant. Juste que tu n'avais pas fini ton devoir à temps, et que tu ne pouvais pas partir ce soir.

Il s'assit sur une marche de l'autel et frotta vigoureusement ses mains sur ses cuisses.

– Donc, ce soir, tu es entièrement à moi, petite coquine.

Il se leva, alla s'asseoir sur un banc et lui fit signe de le rejoindre. Ariana sentit une douce chaleur se répandre dans son corps comme de la cire chaude.

« Je t'aime ! », lui cria-t-elle en pensée.

Elle faillit éclater de rire. Amoureuse de Thomas Pearson... N'importe quoi ! Cependant, pour rien au monde elle n'aurait voulu être ailleurs que dans cette chapelle glaciale, alors que Daniel, le mec idéal, l'attendait bien au chaud dans un chalet luxueux.

Comment nommer ce sentiment irrationnel, sinon de l'amour ?

Thomas prit délicatement son visage dans ses mains et l'embrassa, avec moins d'empressement cette fois. C'était un baiser doux et tendre. Jamais Daniel ne l'avait embrassée ainsi. Jamais Ariana ne s'était sentie aussi belle en sa présence. Ses baisers étaient aussi raides, mécaniques que celui-ci était sensuel, bouleversant...

Ariana décida de s'imprégner du moment. Le sifflement des chandelles, le silence feutré de la campagne enneigée... Le grincement de la porte qui s'ouvrait, puis se refermait en claquant.

Ils n'étaient pas seuls !

Fausse alerte

Ariana céda à la panique. Elle s'était laissée aller pour la première fois de sa vie. Pour la première fois, elle avait écouté son cœur, et elle allait le payer très cher. Comment sa mère réagirait-elle en apprenant son renvoi ? Elle n'était pas assez solide pour encaisser une telle humiliation, et les conséquences risquaient d'être terribles...

Elle chercha son manteau, qui avait une nouvelle fois glissé de ses épaules.

– Ne vous dérangez pas pour moi, fit une voix familière.

Ce n'était pas un professeur, ni un employé de la sécurité. Ariana était tellement soulagée qu'elle en aurait presque pleuré de joie.

– Tate ! s'écria Thomas en se levant d'un bond. Tu nous as fichu une de ces frousses !

Élie Tate, l'ancien camarade de chambre de Thomas, s'avança d'un pas nonchalant jusqu'à l'autel. Il vivait dans une ville voisine, mais on ne l'avait pas revu sur le campus depuis son renvoi.

– Pearson !

Il frappa dans la main que Thomas lui tendait.

– Quoi de neuf, loser ? demanda-t-il en riant. Je t'ai manqué ?

Puis, adressant un signe de tête à Ariana :

– Salut, Osgood.

Elle voulut répondre, mais sa gorge refusa de laisser passer le moindre son. Elle se contenta de hocher la tête et essuya ses paumes moites sur son pantalon.

– Qu'est-ce que tu fous ici, mec ? l'interrogea Thomas.

Élie se laissa tomber sur le banc près de lui.

– La question, ce serait plutôt qu'est-ce que vous fabriquez ici tous les deux ? répliqua-t-il avec un sourire espiègle.

– Rien de spécial. Ariana a dû rester sur le campus pour finir un truc.

– Tu m'étonnes, fit Élie.

– Alors, et toi ? Qu'est-ce qui t'amène à Easton ? insista Ariana.

– J'avais besoin de changer d'air. J'en avais ma claque de Greenwich. Ma demi-sœur se marie la semaine prochaine. Elle passe ses journées à beugler des ordres au fleuriste. C'est gonflant.

Il sortit quelque chose de la poche de sa veste et le roula entre ses doigts. Ariana essaya discrètement de voir ce que c'était.

Un pétard.

– Du coup, j'ai décidé de faire un saut jusqu'ici. Je ne savais pas que vous étiez là.

Il ponctua cette remarque d'un sourire narquois, puis se leva pour allumer son joint à un cierge. Il en tira une longue bouffée et resta un instant silencieux. Une odeur douceâtre, écœurante flotta autour de lui.

– Dommage qu'ils démolissent ce truc, observa-t-il.

– Ouais, répondit Thomas sans conviction. Dommage.

Ariana se retint de demander à Élie de partir. Elle était impatiente de se retrouver en tête à tête avec Thomas.

Élie passa le joint à son copain, qui ferma les yeux et en tira une longue bouffée. Ariana se raidit. Ainsi, Thomas préférait fumer avec Élie plutôt que de passer du temps avec elle ? Une étincelle de colère s'alluma en elle. Pourquoi les hommes de sa vie la faisaient-ils toujours passer au second plan ? Son père, Daniel, Thomas... Ils agissaient tous pareil avec elle.

– Ariana ? fit Thomas en lui proposant le joint.

Il ne l'avait donc pas oubliée... Cette attention suffit à dissiper son irritation. Seulement, elle n'avait encore jamais fumé : cela ne collait pas avec l'idée qu'elle se faisait d'elle-même. Mais tout bien réfléchi, qui était-elle vraiment ? Qui savait de quoi elle était capable ? Personne. Sa seule présence ici suffisait à le prouver.

– Pourquoi pas ? fit-elle d'un ton désinvolte.

Elle accepta le joint en priant pour ne pas se couvrir de ridicule. Elle le saisit entre le pouce et l'index et aspira, comme elle avait vu faire les garçons. Ses poumons la brûlèrent et elle se plia en deux, prise d'une violente quinte de toux.

« Si tu voulais avoir l'air cool, c'est raté ! », la taquina une voix dans sa tête.

– Ça va ? lui demanda doucement Thomas.

– Très bien, s'étrangla-t-elle.

Il lui effleura le genou, mais elle le retira brusquement. Elle ne voulait pas de sa pitié.

Élie éclata de rire.

– Waouh, Osgood ! Pearson déteint sur toi. L'an dernier, à Cabot, tu n'as pas voulu tirer une seule taffe.

Il donna une bourrade à Thomas.

– Tu te souviens quand Gage l'a imitée ? C'était à pisser de rire.

Ariana piqua un fard. Personne ne lui avait raconté que Gage s'était moqué d'elle.

– Je n'étais pas à Cabot l'an dernier, rappela Thomas. Mes parents m'ont obligé à aller en Suisse. Blake avait un championnat de ski.

– Exact, dit Élie. Tu as loupé une fête mortelle, man ! Ariana aussi, ajouta-t-il. Elle ne s'est pas décoincée de la soirée.

– Les choses changent en un an, rétorqua-t-elle en lui passant le joint.

– C'est vrai, admit Élie.

Thomas lança un coup d'œil complice à Ariana.

– Tu comptes t'incruster longtemps, Tate ?

– Ça dépend... Si je peux éviter de me coltiner le mariage...

– Ça ferait sûrement plaisir à ta sœur que tu sois là, observa Ariana.

Elle était prête à le reconduire elle-même à Greenwich s'il le fallait.

– C'est ma demi-sœur, rectifia Élie en haussant les épaules. Et crois-moi, elle se fout de savoir si je serai là ou pas, du moment qu'elle a son barnum en soie blanche.

Il se leva, asséna une tape dans le dos de Thomas et se dirigea vers la porte.

– Tu pars ? lui demanda Ariana, pleine d'espoir.

– Je vais pisser.

Ariana grimaça. Pour elle, prononcer le mot « pisser » dans une chapelle avait quelque chose de profane. Cela dit, elle était mal placée pour donner des leçons. Tromper son mec dans une chapelle, c'était limite...

– Il faut se débarrasser de lui, chuchota-t-elle, dès que la porte de la chapelle fut refermée.

Elle sauta sur ses pieds et s'emmitoufla dans son manteau. Elle était frigorifiée. Ses doigts étaient bleus. Elle ne sentait plus son nez ni ses oreilles. Elle tendit une main à Thomas :

– Lève-toi !

Il la regarda avec un mélange de curiosité et d'amusement.

– J'aime bien la nouvelle Ariana, commenta-t-il.

« Moi aussi », songea-t-elle. Elle n'en revenait pas de se sentir aussi sûre d'elle dans cette chapelle abandonnée, en compagnie d'un garçon qu'elle connaissait à peine. Elle tripota son pendentif en fleur de lys et se demanda si Noëlle éprouvait ce sentiment au quotidien. L'impression qu'aucun obstacle sérieux ne venait contrarier ses désirs.

– Dans ce cas, allons-y ! reprit-elle sur un ton faussement autoritaire.

Thomas sourit et se laissa tirer en position debout.

– Par ici ! indiqua-t-il en montrant le fond de la chapelle.

– Attends ! Mon sac.

Ariana ramassa ses affaires à la hâte et prit la main de Thomas, qui l'entraîna vers une porte voûtée à l'arrière de l'édifice. Elle sentit renaître son exaltation. Dehors, ils s'enfoncèrent jusqu'aux genoux dans un gros tas de neige.

Le froid traversa aussitôt le pantalon d'Ariana, mais elle s'en moquait. Elle avait chaud partout.

Thomas s'arrêta dans une petite clairière. Le vent soufflait en rafales et Élie était invisible.

– Et maintenant, patron ? plaisanta-t-il.

Ariana enfonça les mains dans les poches de son manteau.

– On ne peut pas aller à Gleck, c'est trop risqué. Le dortoir doit être blindé de surveillants.

Elle reçut une giclée de flocons dans la figure et se détourna pour se protéger du vent.

– Un hôtel ? suggéra-t-elle.

Puis, après réflexion :

– Le Driscoll ? Ce n'est pas très loin. On pourrait y aller à pied.

La perspective de se retrouver seule avec Thomas dans une chambre d'hôtel chauffée la fit frissonner de plaisir.

– Ouais.

Thomas sortit son portable de sa poche, appuya sur une touche et colla l'appareil à son oreille.

– Tu as le numéro du Driscoll dans tes raccourcis ? grogna Ariana. Je crois que j'aurais préféré ne pas le savoir.

– C'est le restaurant, se défendit Thomas, qui avait du mal à garder son sérieux. Ils font un cheeseburger délirant.

Ariana haussa un sourcil.

– Tu ne me crois pas ? s'indigna-t-il.

– À peu près autant que si tu me disais que tu lis *Playboy* pour les articles.

Thomas leva une main pour réclamer le silence.

– Allô ? Ouais. J'aurais voulu réserver une chambre pour ce soir…

Il écouta la réponse et la déception se peignit sur son visage.

– D'accord. Merci.

Il referma le clapet du téléphone et le rangea.

– Ils sont complets. Le gars de la réception dit que tous les hôtels des environs sont pleins à craquer. Les gens sont coincés ici à cause de la neige.

Ariana accusa le coup. Elle avait beau se dire qu'elle était folle de vouloir aller dans une chambre d'hôtel avec Thomas, elle n'imaginait pas d'autres solutions.

– OK. Ça ne nous laisse plus qu'une possibilité, dit-elle gravement, indiquant du menton le sol enneigé.

Thomas se mit à rire et eut un mouvement de recul.

– Ah non ! Pas question ! Tu es folle.

Piquée au vif, Ariana s'allongea sur le sol glacé. Elle leva vers Thomas des yeux pleins de défi.

– Vraiment ?

Elle retint son souffle en attendant sa réaction, sidérée par sa propre effronterie.

Le sourire de Thomas s'élargit.

– On ne refuse pas une telle proposition.

Ariana sourit béatement. Thomas s'agenouilla et plongea ses mains dans ses cheveux blonds, avant de presser ses lèvres sur les siennes. Ariana en oublia le froid. Elle ne sentait plus que la chaleur du corps de Thomas contre le sien. Elle tournait la tête, quand elle aperçut une forme sombre dans la neige. Elle se figea.

– Thomas, croassa-t-elle. Arrête !

Il la regarda en plissant les yeux.

– Quoi ? Que se passe-t-il ?

C'était comme si on lui avait coulé du plomb dans le corps. Pourtant, son cerveau moulinait à toute vitesse. « Ce n'est pas possible ! hurlait-il. Comment aurait-il pu... »

Au bord de la nausée, elle s'obligea à s'asseoir. Elle tendit la main vers un objet, le secoua pour ôter la neige qui le recouvrait et le présenta à Thomas.

– Qu'est-ce que c'est ? demanda-t-il.

– Le bonnet de Daniel, articula-t-elle d'une voix blanche. Daniel est venu ici. Il est venu me chercher.

Thomas jeta un bref coup d'œil alentour.

– Mais non. Daniel est parti ce matin. Ce bonnet peut être à n'importe qui. À Élie, ou à un autre gars venu fumer dans le coin.

Il en aurait fallu davantage pour rassurer Ariana. Ce bonnet était neuf. La coïncidence était trop frappante. Daniel était venu ici. Il les avait surpris ensemble, et maintenant, il les épiait. Il savait tout.

Frissons

– Il est au courant, j'en suis sûre.

Ariana regardait fixement devant elle, la main crispée sur le bonnet de Daniel. La peur occupait toutes ses pensées, occultait le reste. Ses muscles étaient tendus comme ceux d'un animal pris au piège. L'angoisse l'empêchait de respirer.

– Ariana.

Entendre Thomas prononcer son prénom lui fit monter les larmes aux yeux.

– Des dizaines de mecs à Easton ont ce genre de bonnet. C'est comme si tu trouvais un polo dans la neige et que tu te persuadais qu'il appartient à Daniel.

Il lui prit le bonnet et le lança dans le sous-bois.

– Viens, on bouge ! Ou on va geler sur place.

Ariana hocha la tête. Elle frotta la neige collée à son jean trempé et laissa Thomas l'entraîner.

– Tu as raison. Il peut être à n'importe qui.

Elle avait prononcé les mots qu'il voulait entendre. Bien sûr, c'était irrationnel d'imaginer que Daniel était resté à Easton. Mais c'était la pire des éventualités, et elle ne pouvait s'empêcher de l'envisager. Elle venait juste de lui offrir ce bonnet. La coïncidence était quand même troublante.

Elle se repassa en accéléré les événements de la journée et céda de nouveau à la panique. Daniel s'était peut-être méfié quand elle lui avait parlé de son devoir inachevé. Il avait fait semblant de la croire et décidé de rester à Easton pour l'espionner. Daniel Ryan n'aimait pas perdre. C'était ce trait de caractère qui faisait de lui un champion. Ce genre de mec ne se laisse pas piquer sa petite amie sans broncher. S'il l'avait surprise dans les bras de Thomas, il le leur ferait payer.

– Viens, on va se mettre à l'abri à Ketlar, suggéra Thomas.

Il la prit par la main ; elle avait les doigts tellement engourdis qu'elle sentit à peine son contact.

– Ketlar est fermé.

– J'ai trafiqué la porte de derrière. On peut aller dans ma chambre.

Il passa devant pour dégager un passage entre les branches de sapin couvertes de neige.

– Je ne sais pas, hésita-t-elle. Si quelqu'un nous voit… Et si Daniel…

Thomas lui lâcha la main.

– Daniel n'est pas là ! répliqua-t-il d'un ton cassant.

Ariana eut un mouvement de recul.

– Excuse-moi, marmonna-t-elle, sans trop savoir pourquoi.

Thomas se voûta, penaud. Il se radoucit.

– Non. Pardon. C'est moi qui suis désolé.

Il détourna le regard avant d'ajouter :

– J'en ai marre d'entendre parler de Daniel Ryan.

Cet aveu fit fondre Ariana.

– Je suis d'accord avec toi, on ne peut pas risquer de se faire prendre, continua-t-il. Si je me fais renvoyer, je suis mort. Mais je n'ai pas de meillleure idée.

– Entendu, trancha-t-elle. On va à Ketlar.

Thomas lui reprit la main et ils marchèrent en silence, courbés face au vent. Chemin faisant, Ariana s'efforça de décrypter ses sentiments. Le ton de Thomas l'avait blessée. Elle détestait être rabrouée ainsi, comme une enfant. Et d'ailleurs, pourquoi craignait-il à ce point de se faire prendre ? Thomas Pearson bénéficiait d'une quasi-impunité à Easton. Il se sortait toujours comme par enchantement des situations les plus critiques. Ce n'était pas lui qui avait tout à perdre s'il était renvoyé. Ce n'était pas sa famille qui serait détruite.

Ils atteignirent enfin la porte de Ketlar, à l'arrière du bâtiment. Thomas n'eut qu'à la pousser pour l'ouvrir.

– Les merveilles du ruban adhésif, dit-il, en montrant la bande métallique fixée au-dessus de la serrure.

Il alluma son briquet et invita Ariana à entrer.

Un silence profond, qui contrastait avec le brouhaha habituel, planait dans le bâtiment. Ariana frissonna. Son souffle formait de petits nuages de buée dans l'air. Elle suivit Thomas au premier étage et se détourna en passant devant l'antre de Daniel.

Thomas s'arrêta devant sa chambre, à l'extrémité du couloir. Sa porte était nue, contrairement aux autres, ornées de posters et d'autocollants. Il l'ouvrit d'une main.

– Ce n'est pas une suite au Driscoll, dit-il en tenant son briquet allumé devant lui. Mais ça devrait faire l'affaire. Au moins pour ce soir.

Les réverbères de la cour carrée diffusaient assez de lumière pour permettre à Ariana de distinguer l'intérieur de la pièce. Elle ressemblait à la chambre qu'elle partageait avec Noëlle à Billings, en plus petit. Le côté de Thomas était impeccablement rangé. Un couvre-lit en flanelle drapait son lit simple. Sur le bureau voisin trônait un pot de crayons et une petite bouteille de rhum vide. Le strict minimum. Dans l'autre moitié de la pièce, le sol était jonché de vêtements sales et de cahiers. Une publicité pour une marque de bière était affichée au-dessus du bureau encombré ; le lit était défait.

– Classe ! ironisa-t-elle.

Puis, indiquant la bouteille :

– Tu as cambriolé un magasin de spiritueux ?

– J'espérais plus de clémence venant de quelqu'un qui a commis une effraction, se défendit Thomas avec un sourire narquois.

Ariana expira lentement. La tension entre eux s'était évanouie aussi subitement qu'elle était apparue. En plus, elle se sentait en sécurité dans cette chambre, à l'abri des regards et du froid. Elle posa son sac sur la chaise de bureau.

– Tu oublies que je ne suis pas la seule à être entrée ici par effraction. Je ne suis que ta complice.

– Bien tenté ! Mais tu es mouillée jusqu'au cou. Si je tombe, tu tombes avec moi.

Un bref instant, les ombres mouvantes transformèrent l'expression de Thomas. Ariana lui trouva l'air différent. Étranger. Presque dangereux. Puis il sourit, et cette impression s'estompa.

– Attends, je vais allumer.

– Non ! s'écria Ariana, saisissant sa manche. Quelqu'un pourrait nous voir.

Elle ne l'aurait jamais avoué, mais elle trouvait cette pénombre confortable. Savoir que Thomas ne pouvait pas lire ses expressions la rassurait.

– Bien vu, petite coquine.

Il éteignit le briquet et se pencha vers elle. Les poils de sa nuque se dressèrent et elle tendit les lèvres, anticipant un baiser. Mais Thomas se contenta d'ouvrir le tiroir de son bureau, dont il sortit deux bougies.

– Intéressant, commenta-t-elle en haussant un sourcil. J'espère que ce n'est pas une mise en scène pour me séduire…

Thomas posa les bougies sur le bureau et les alluma, puis regarda Ariana par-dessus son épaule.

– Comme si j'avais besoin de chandelles…

Ariana rougit. Thomas se retourna, s'allongea sur son lit et lui décocha un sourire charmeur.

– Tu comptes rester plantée là toute la soirée ? Viens près de moi, je vais te réchauffer, dit-il d'un ton lascif.

Ariana ne broncha pas. Soudain, la perspective de se retrouver au lit avec Thomas la terrifiait. Qu'avait-elle imaginé ? Qu'elle allait perdre sa virginité avec lui ? Après avoir affirmé à Daniel qu'elle refusait de le faire dans une chambre de dortoir ? Allait-elle accorder à Thomas Pearson ce qu'elle avait refusé si longtemps à son petit ami ?

Sans compter que Daniel les avait peut-être suivis ! Qui sait s'il n'était pas derrière la porte, en train de les écouter. Comment réagirait-il s'il entendait des bruits suspects ?

– Je ne peux pas.

Le sourire de Thomas se figea.

– Tu plaisantes ?

– Je vais dormir dans le lit de ton copain.

Elle alla s'asseoir sur le lit voisin et réprima une grimace. Une odeur de lait caillé s'échappait d'un mini-réfrigérateur, sous le lit.

– Je rêve ! s'exclama Thomas. D'abord, tu me fais appeler le Driscoll, et maintenant tu joues les saintes nitouches ?

Il se dressa sur un coude pour la regarder.

– Ne te fâche pas, dit Ariana.

– Je ne me fâche pas. Je suis juste curieux. Les dédoublements de personnalité m'intéressent.

– Je ne suis pas folle.

Thomas la dévisagea un moment. Si longtemps qu'elle se sentit mal à l'aise. Finalement, il haussa les épaules.

– OK. Comme tu voudras.

Il se leva et se mit en caleçon devant elle, puis se glissa sous sa couette.

– Je te préviens, mon camarade de chambre est un homme à femmes. J'ai croisé des filles assez craignos qui sortaient de cette piaule. Et depuis quatre mois que je crèche avec lui, je ne l'ai pas vu une seule fois changer ses draps…

– Je vais dormir sur la couette, l'interrompit Ariana.

Elle chercha en vain un duvet. Le froid mordant s'infiltrait jusque dans ses os. Prise de frissons, elle enfonça le visage dans l'oreiller pour se réchauffer le nez. La taie sentait le moisi. Ariana lorgna vers Thomas. S'il avait un minimum de savoir-vivre, il lui proposerait une couverture. Au moins un sweat-shirt… N'importe quoi, pourvu que ça soit chaud et sec.

– Il fait bon, ici, dit-il avec un bâillement exagéré. En plus, c'est moins risqué, question microbes.

Ariana serra les poings, indignée.

– Tu es vraiment un goujat !

Trop fière pour lui demander des vêtements secs, elle retira son pull mouillé, ne gardant que son T-shirt. Puis elle s'allongea en se couvrant de son manteau, le côté sec contre sa peau. Elle ramena les genoux contre sa poitrine et les enlaça de ses bras. Jamais elle n'avait eu aussi froid.

– Ouais. Elle est chaude, cette couette, fredonna Thomas. Presque trop…

– Ça suffit ! explosa-t-elle.

Elle se leva.

– Si je viens avec toi, tu promets de te taire et de dormir ?

Pour toute réponse, il souleva le duvet et se poussa contre le mur pour lui faire de la place.

– On ne va pas fermer l'œil, prédit-il.

Ariana rougit dans l'obscurité.

– On verra bien.

Elle s'allongea à côté de lui, lui tournant le dos. En rabattant la couette, il lui passa un bras autour de la taille. Ariana commença par protester, puis s'abandonna contre son corps chaud.

– Et maintenant ? lui souffla-t-il à l'oreille.

Un frisson lui parcourut l'échine.

– Maintenant, on dort, dit-elle résolument.

– OK. Réveille-moi quand tu craques.

Ariana ne répondit pas. Elle resta allongée, les yeux grands ouverts, tandis que Thomas s'endormait. Elle n'osait bouger de peur qu'il interprète son geste comme une avance. Elle s'attendait aussi à voir Daniel enfoncer la porte et débouler dans la chambre d'un instant à l'autre. Pourtant, après avoir fixé le réveil pendant plus d'une heure et guetté en vain un bruit de pas dans le couloir, elle finit par s'endormir, bercée par la respiration régulière de Thomas.

Culpabilité

Ariana s'assit brusquement dans le lit, haletante. Son cauchemar habituel l'avait réveillée. La bouteille de vin vide, ses hurlements, la lumière aveuglante des néons. Les paroles de sa mère : « On ne sait jamais de quoi les gens sont capables tant qu'ils n'ont pas été poussés à bout. »

Elle frissonna et chercha quelque chose de familier autour d'elle. Il n'y avait pas de photo d'elle sur le bureau. Pas de guirlande de Noël autour de la fenêtre. Pas de pile de romans à côté du lit. Juste un ballon de football sous le bureau, et dessus, une bouteille de rhum vide.

Elle se calma progressivement en se rappelant où elle était. Elle repoussa la couette et regarda Thomas. Il dormait sur le ventre, le visage tourné vers elle, la bouche entrouverte. Son souffle était régulier. Ariana eut un petit pincement de jalousie. Elle n'avait pas dormi aussi paisiblement depuis longtemps. Pas depuis que ses cauchemars avaient commencé à la hanter, un an plus tôt.

Elle se tournait pour chercher son pull du regard, quand une main dans son dos la fit sursauter. Ce n'était que Thomas.

– Tu es tendue, petite coquine, dit-il en bâillant.

Puis, d'une voix enjôleuse :

– Heureusement, je connais des moyens de te détendre.

Il l'enlaça et se blottit dans son dos.

Ariana rit.

– Je dois partir, dit-elle doucement, sans bouger.

Elle devait se détacher de lui. Se lever et passer la porte. Partir pour le Vermont. Mettre fin à cette aventure pendant qu'il en était encore temps. Mais les bras de Thomas avaient quelque chose d'envoûtant, qui lui faisait perdre toute volonté. Elle était incapable d'agir.

– Je ne te laisse pas sortir d'ici, grommela-t-il.

Elle faillit lui répondre qu'il n'avait pas son mot à dire, et encore moins d'ordres à lui donner. Mais ç'aurait été malhonnête. Et elle ne supportait pas l'idée d'être malhonnête avec Thomas, alors qu'elle trompait déjà Daniel. Cette duplicité ne lui ressemblait vraiment pas.

– Tu as bien dormi ?

– Super bien.

Thomas écarta délicatement ses cheveux et l'embrassa sur la nuque.

– Mais j'aurais préféré qu'on ne dorme pas…

Il posa les mains sur ses hanches et les remonta vers son ventre.

Elle intercepta son geste et roula de côté pour lui faire face. Il avait une marque d'oreiller sur la joue et une barbe naissante couvrait son menton ; ses cheveux étaient en bataille. Mais il était toujours beau à tomber.

– Parle-moi de toi, lui demanda-t-elle.

Soudain, elle avait besoin de comprendre pourquoi elle avait choisi de rester ici avec lui, plutôt que de rejoindre Daniel.

Thomas approcha les lèvres de son oreille.

– Pourquoi ?

Un frisson courut dans le dos d'Ariana, qui cessa de chercher une justification à ses actes. Elle ne désirait plus qu'une seule chose : l'embrasser.

– Parce que, euh…

Elle avait du mal à formuler sa pensée.

– Parce qu'on vient de passer la nuit dans le même lit, alors qu'on se connaît à peine.

En croisant son regard, elle comprit qu'elle se trompait. Il lui suffisait de se rappeler comment son corps réagissait en sa présence. Elle avait beau ignorer son second prénom, ne pas savoir s'il avait porté un appareil dentaire ou s'il aimait ses parents, elle le connaissait.

– Eh bien… en fait, je ne l'ai jamais dit à personne, murmura Thomas, soudain très sérieux, mais je suis un peu médium.

– Médium ? répéta-t-elle, perplexe.

– Ouais. Par exemple, je sais que, dans cinq secondes tu vas m'embrasser.

Le cœur d'Ariana se mit à cogner dans sa cage thoracique comme un oiseau prisonnier.

– Tu crois ? demanda-t-elle d'un ton taquin.

– Ouais.

Daniel la tuerait s'il la voyait, mais cela lui était égal. Son désir d'être avec Thomas venait de l'emporter sur sa raison.

– Quatre…

Thomas lui décocha un sourire charmeur.

– Tu rêves, plaisanta Ariana.

– Trois…

– Tu vas devoir m'embrasser le premier.

– Deux…

Il ferma les yeux.

– Oh-oh, chantonna-t-elle.

– Une.

Ariana ferma les yeux pour attendre le baiser. Mais soudain, son portable sonna. Elle redressa la tête et cogna brutalement celle de Thomas.

– Aïe !

– Oh, pardon ! Je suis désolée !

Elle chercha à tâtons son téléphone dans son sac, malgré la douleur qui lui vrillait le crâne. Lorsqu'elle le trouva enfin, elle vit qu'elle avait reçu un nouveau texto.

J'ai froid, ici, sans toi.
Appelle-moi pour me dire que tu vas bien.
Daniel

Ariana fut prise d'une soudaine nausée.

– C'était qui ? demanda Thomas, le visage toujours crispé de douleur.

– Rien. Personne.

Elle se leva pour aller entrouvrir la fenêtre. Dehors, il neigeait toujours ; le campus disparaissait sous un épais manteau blanc. Soixante centimètres de poudreuse, au minimum. Ariana n'avait jamais vu autant de neige. L'air frais dissipa peu à peu sa nausée. Elle avait l'impression que Daniel l'avait prise en flagrant délit. Comme s'il avait choisi ce moment précis pour lui envoyer un texto afin de l'empêcher d'aller plus loin avec Thomas. Elle ouvrit son téléphone et relut le message.

« Inspire... Expire... »

Ses idées s'éclaircirent peu à peu. Daniel l'attendait dans le Vermont. Le bonnet trouvé dans les bois était donc bien une coïncidence. Daniel n'était plus sur le campus.

Il ignorait tout de sa trahison. Autrement dit, elle pouvait encore faire machine arrière et arranger les choses.

Elle inspira une nouvelle bouffée d'air glacial et la conserva dans ses poumons en admirant le paysage. Elle ne connaissait pas le campus sous cet angle. Elle était souvent venue à Ketlar, mais toujours de l'autre côté du bâtiment, dans la chambre de Daniel. Elle repensa à toutes les fois où il l'avait aidée à entrer dans le dortoir au nez et à la barbe de M. Cross, le surveillant. Elle se rappela qu'il lui prêtait son vieux sweat-shirt Harvard quand elle avait froid… et ce sentiment de chaleur douillette qu'elle éprouvait quand elle se blottissait contre lui pour regarder un film sur son ordinateur. Les risques qu'il prenait en la raccompagnant à Billings en pleine nuit…

C'était peut-être moins excitant, moins dangereux que les quatorze heures qu'elle venait de passer avec Thomas, mais c'était sa vie. La vie que sa mère désirait pour elle. Thomas Pearson ne pouvait pas en faire partie.

– Tu as un problème, petite coquine ? lui demanda-t-il.

Il la rejoignit à la fenêtre et l'enlaça. Ce geste l'emplit d'une rage soudaine.

– Lâche-moi, répondit-elle sèchement, avant de se dégager.

Thomas recula, stupéfait, mais Ariana ne s'en aperçut même pas. Son cerveau dévalait une pente vertigineuse, et elle était incapable de l'arrêter. Elle se sentait sale, misérable. Indigne de Daniel Ryan. Pour s'en convaincre, il lui suffisait de voir ce qu'elle lui avait fait. Où elle était, et avec qui, pendant qu'il l'attendait dans le Vermont.

Elle récupéra son pull sur l'autre lit et le tortilla nerveusement entre ses mains. Daniel mourrait d'une crise cardiaque s'il apprenait la vérité.

La culpabilité menaçait de l'étouffer. Chaque fois qu'elle tentait de reprendre son souffle, une nouvelle vague déferlait sur elle. Elle se plia en deux en suffoquant. Les larmes lui brûlaient les yeux.

– Ariana, qu'est-ce qui ne va pas ?

Thomas lui posa une main dans le dos. Elle s'écarta brusquement.

– Ne me touche pas !

Surpris, il leva les mains en signe de reddition.

– Je vais partir, ajouta-t-elle. Il faut que je prenne une douche.

Elle se sentait sale. Affreuse. Elle ne se supportait plus.

– OK. Je t'accompagne, je vais te montrer où sont les…

– Non !

Ariana pivota brusquement. Qu'est-ce qu'il imaginait ? Qu'ils allaient prendre une douche ensemble ? Elle n'en revenait pas qu'il insiste encore. Quand allait-il comprendre ?

– Je ne me douche pas avec toi. Je veux sortir d'ici. J'ai besoin d'être seule.

Ariana s'assit au bord du lit et enfila ses bottes. Des larmes de colère ruisselaient sur ses joues.

– D'accord. Mais j'aimerais bien comprendre ce qui s'est passé, tenta Thomas.

Ariana leva les yeux vers lui. Il était torse nu, en caleçon. Dégoûtée, elle détourna le regard.

– Ce qui s'est passé, c'est que je me suis réveillée. J'ai réalisé quelle connerie je faisais, cracha-t-elle. Je pars dans le Vermont. Je vais retrouver Daniel. Tout le reste était une erreur.

Thomas était visiblement dépité. Ariana combattit une nouvelle vague de culpabilité. Elle ne pouvait pas se laisser influencer ainsi. Thomas Pearson n'était rien pour elle. Plus maintenant. Elle devait se concentrer.

« Daniel… J'ai besoin de Daniel. »

– Très bien.

L'expression de Thomas se durcit. Il recula vers le lit.

– Bonne chance si tu veux sortir par ce temps. Et tâche d'être discrète. Je n'ai pas envie de me faire choper par ta faute.

– Quoi ?

Ariana se leva, récupéra son manteau et son sac d'un geste brusque.

– Tu n'es pas la seule à avoir quelque chose à perdre, cria Thomas en enfilant un T-shirt. Je ne veux pas me faire renvoyer parce que la reine des prudes m'a utilisé pour essayer de se décoincer.

La gifle partit toute seule. Après quoi, Ariana pivota sur ses talons et sortit de la chambre comme une fusée, laissant derrière elle un Thomas médusé. Elle claqua la porte et se mit à courir dans le couloir en composant un numéro sur son téléphone. Le portable de Daniel était sur répondeur. Ariana inspira à fond et prit un ton faussement enjoué pour lui laisser un message : « Daniel. Salut, c'est moi. Je suis désolée, je suis coincée à cause de cette saleté de tempête, mais je fais mon possible pour te rejoindre. À bientôt. »

Elle descendit l'escalier sans respirer, de peur que sa voix ne trahisse son affolement.

« Je t'aime », ajouta-t-elle avant de couper la communication.

Lorsqu'elle sortit, une rafale faillit la renverser. La neige glacée lui giflait le visage, mais l'air vif lui permit de retrouver une certaine lucidité. Tout allait bien. Tout allait s'arranger.

Son moment de folie était passé.

Bonnes résolutions

Ariana acheva de se détendre sous le jet d'eau tiède de la douche. Un instant plus tôt, elle était encore si bouleversée qu'elle avait failli utiliser sa clé électronique pour entrer à Billings par la porte principale. Elle s'était rappelé in extremis qu'elle n'était pas censée être sur le campus, et que la sécurité serait alertée si quelqu'un essayait de s'introduire dans un autre dortoir que Gleck. En maudissant sa sottise, elle avait contourné le bâtiment et utilisé la clé de Mme Lattimer pour entrer par-derrière. Noëlle s'était procuré une copie de cette clé au début du trimestre, en prévision des nombreuses fois où elle voudrait rentrer à Billings après l'heure du couvre-feu. Elle l'avait cachée derrière une des appliques en fer forgé qui éclairaient l'entrée. Hormis Noëlle, Ariana était la seule personne à connaître l'existence de cette clé, mais elle n'en avait encore jamais eu l'utilité.

Épuisée, elle s'appuya contre la paroi en verre dépoli de la douche. En temps ordinaire, le carrelage vert mousse avait un effet apaisant sur elle. Elle s'imaginait dans un spa, sa petite oasis personnelle. Aujourd'hui, elle le trouvait froid et glauque. Elle frissonna lorsque la température de l'eau baissa avant de remonter légèrement. Il était temps qu'elle sorte de là. De toute manière, elle aurait beau rester des heures sous le jet, l'eau ne la débarrasserait pas de sa culpabilité.

Elle devait plutôt se persuader qu'il n'était pas trop tard pour arranger les choses. Si elle parvenait à rejoindre le Vermont, tout irait bien. Elle se rappellerait pourquoi elle aimait Daniel. Elle se souviendrait de toutes les choses adorables qu'il avait faites pour elle, depuis un an qu'ils sortaient ensemble.

En appliquant une noisette de shampooing à la noix de coco dans ses cheveux, elle se remémora son anniversaire, au printemps dernier. Daniel s'était présenté à sa porte en jean et T-shirt, une bouteille de champagne à la main. Il l'avait emmenée en voiture à Manhattan, où il lui avait organisé une « visite littéraire » de l'East Village. Ils avaient déambulé dans les rues, visité les lieux hantés par la mémoire de ses auteurs préférés. Bu un verre de vin rouge dans le minuscule bar de Washington Square où Henry James avait écrit *Les ailes de la colombe*. Cassé une croûte au Chumley's, où planaient encore les fantômes de Fitzgerald et d'Hemingway. Elle avait oublié tout un après-midi ses préoccupations habituelles : ses efforts pour plaire à Paige Ryan afin d'être invitée à Billings, la fragilité de sa mère, etc. Elle s'était immergée dans une autre époque, celle des romans qu'elle adorait. Et Daniel lui avait fait ce merveilleux cadeau parce qu'il l'aimait.

D'ailleurs, il le lui prouvait au quotidien. Ne serait-ce qu'en se montrant aussi protecteur avec elle... Pour preuve, l'épisode avec Sergueï, l'autre soir. Et aussi...

Ariana ouvrit les yeux au souvenir de l'affreuse soirée de la fin août. Elle aurait préféré oublier ce que Daniel avait fait ce soir-là, mais les images lui revenaient par flashes. Les filles Billings et leurs copains avaient organisé une fête dans les bois, juste avant le début des cours. Ariana sirotait un coca devant le feu de camp, blottie contre Daniel, quand elle l'avait senti se tendre comme un arc. Il s'était levé d'un bond et avait violemment pris à partie un copain de Dash, l'accusant d'avoir fixé Ariana.

Elle ferma les paupières et posa une main contre le mur pour retrouver son équilibre. Elle tenta en vain de faire barrage à ce déferlement d'images et de sons odieux. Le bruit sourd du corps du mec contre le tronc de l'arbre où Daniel l'avait projeté. Les coups de poing que ce dernier avait assénés à sa victime, malgré ses supplications.

Finalement, Dash était intervenu. Il avait entraîné Daniel à l'écart, puis raccompagné son copain à sa voiture.

Tous les autres avaient fait comme si de rien n'était. Paige avait classé l'incident avec un commentaire sibyllin : « C'est mon frère tout craché. » Plus tard, Noëlle avait confié son étonnement à Ariana : « Je ne pensais pas que Daniel était capable d'aller aussi loin pour protéger son territoire. »

« Son territoire... C'est-à-dire moi », songea Ariana.

L'eau était de plus en plus froide. Si elle ne sortait pas bientôt de la douche, elle allait attraper une pneumonie.

Elle tourna le mitigeur complètement à gauche. Un bruit de tuyauterie emplit la salle de bains, mais l'eau ne se réchauffa pas. Ariana s'arma de courage et mit la tête sous le jet pour se rincer les cheveux.

Un craquement la fit sursauter, puis le silence retomba. Elle se persuadait que son imagination lui avait joué un tour, quand elle vit passer une ombre à la limite de son champ visuel.

– Thomas ? C'est toi ? fit-elle d'une voix étranglée.

Pas de réponse. Elle était pourtant sûre d'avoir vu quelque chose bouger. Qui était là ? Qui l'espionnait ? Elle se figea, aux aguets. Et soudain, un nouveau craquement. Ariana coupa l'eau glacée.

– Il y a quelqu'un ? appela-t-elle.

Ses mots restèrent suspendus dans l'air.

– Qui est là ?

Silence.

Elle ouvrit la porte de la douche. La salle de bains était vide. Le robinet du lavabo gouttait, mais c'était sûrement déjà le cas tout à l'heure. Tout était à sa place : l'armoire de toilette de Noëlle, pleine de shampooings et de cosmétiques hors de prix ; la brosse à dents électrique d'Ariana ; sa serviette éponge, posée sur le banc, juste devant la douche.

Ariana cligna des yeux. Elle aurait juré l'avoir accrochée à la patère de la porte, comme d'habitude.

Elle secoua la tête. Elle se retrouvait seule à Billings pour la première fois, d'où sa peur. Elle s'était dépêchée d'entrer dans la douche. Dans la précipitation, elle avait dû poser ses vêtements à un endroit inhabituel. Il n'y avait pas lieu de s'affoler.

Ariana poussa un soupir de soulagement. Elle tendit le bras pour prendre sa serviette, quand la porte de la salle de bains s'ouvrit à la volée. Elle hurla.

– Quel timing ! dit Thomas Pearson, l'œil torve.

– Thomas ! cria-t-elle, en s'enveloppant à la hâte dans sa serviette. Tu m'as fichu une de ces frousses !

« Au secours. Il vient de me voir toute nue ! », ajouta-t-elle en pensée.

Thomas lutta pour garder son sérieux. Il avait des flocons de neige dans les cheveux, et le froid avait teinté ses joues de rose. Adorable.

– Désolé ! Je veux dire, je suis désolé de t'avoir fait peur. Pas de t'avoir vu nue. Soyons clair...

– Ce n'est pas drôle.

Elle referma la porte de la douche et se réfugia dans l'angle pour reprendre sa respiration, une main sur la poitrine.

– Qu'est-ce que tu fais ici ?

Thomas entra dans la salle de bains. Elle l'entendit fouiller dans l'armoire de toilette.

– Je voulais te donner l'occasion de t'excuser...

Ariana perçut la moquerie dans sa voix. Avec du recul, elle eut honte de la scène qu'elle lui avait faite et décida de passer l'éponge.

– Pourquoi tu n'as pas répondu quand je t'ai appelé ? demanda-t-elle.

Thomas hésita.

– Comment ça ? Je viens d'arriver.

– Je t'ai entendu il y a cinq minutes. Tu étais dans la salle de bains.

Elle se drapa dans sa serviette et ouvrit la porte de la douche. Thomas avait l'air sincèrement perplexe.

– C'est vrai, tu viens juste d'arriver ?

– Je te le jure.

Pourtant, quelqu'un était entré, elle en était sûre. Soit Thomas mentait, soit Daniel était sur le campus, en train de l'épier. À moins que ce ne soit une troisième personne...

La peur lui noua le ventre.

– Comment es-tu entré ?

– Avec la clé de Noëlle.

Thomas examina les gels douche, prit un flacon géant d'après-shampooing et inspecta l'étiquette.

– C'est quoi, de l'huile de jojoba ?

Ariana sortit sur le tapis de bain en grelottant.

– Comment tu sais, pour la clé de Noëlle ?

– Tout le monde est au courant.

Tout le monde ? Noëlle l'avait probablement confié à Dash. Paige le savait aussi, sans doute. Et donc, Daniel.

Thomas reposa le flacon ; il fit un pas hésitant vers elle. Elle ouvrit la porte de la chambre et lui fit signe de sortir.

– Je te rejoins tout de suite.

– Je t'attends, promit Thomas avec un sourire entendu.

De nouveau seule, Ariana s'adossa contre le mur et tenta de se calmer. Et si Daniel était vraiment là ? S'il était à Billings, en ce moment même, en train de les surveiller ?

Non. C'était impossible. Il n'aurait jamais abandonné ses parents, sa sœur, saboté leurs vacances de Noël, dans le seul but de l'espionner. Elle devait s'en persuader, ou elle allait devenir folle.

– Règle les problèmes au fur et à mesure qu'ils se présentent, chuchota-t-elle à son reflet dans le miroir.

«Thomas.»

Que faire ? Elle avait cru mettre un point final à cette folie en giflant Thomas, mais voilà qu'il revenait à la charge... Ils étaient seuls dans sa chambre et elle recommençait à frémir dès qu'il l'approchait. Elle soupira et enfila une robe de soie blanche.

Elle allait lui dire qu'elle ne pouvait pas continuer. Leur petite aventure avait beau être palpitante, elle était totalement déconnectée de la réalité. La réalité qu'elle partageait avec Daniel. Oui. Voilà ce qu'elle allait lui dire. Et il serait bien obligé de comprendre.

Elle se regarda de nouveau dans le miroir et tenta de se composer un visage impassible. Cependant, quand elle empoigna la poignée de la porte, une minute plus tard, elle tremblait encore. Et ce n'était pas à cause du froid.

De justesse…

– Thomas, je…

La phrase d'Ariana resta coincée dans sa gorge lorsqu'elle vit Thomas brandir un minuscule string en dentelle rouge.

– C'est à toi ou à Noëlle ? Parce que mon imagination produit des images assez…

– Ce n'est pas à moi ! le coupa-t-elle.

Elle lui confisqua le string et le jeta sur le lit de Noëlle, où il alla rejoindre le tas de vêtements qu'elle n'avait pas emportés à New York.

– Thomas, écoute…

– Attends ! Je suis juste venu faire la paix, vu qu'on va être coincés ici un moment. En plus, ajouta-t-il en souriant, tu me dois des excuses pour tout à l'heure…

– Comment ça, coincés ici ?

Thomas indiqua d'un geste l'ordinateur d'Ariana, où défilait une vidéo en streaming d'un bulletin météo. Ce sans-gêne avait allumé son portable et lancé sa connexion Internet sans le lui demander ! Elle décida d'ignorer l'affront et monta le volume.

– Les autoroutes sont fermées et il est formellement déconseillé de prendre la route jusqu'à nouvel ordre, disait le présentateur, au milieu d'une tempête de neige. Le gouverneur a déclaré l'état d'urgence et les employés qui n'occupent pas un poste essentiel ont reçu la consigne de rester chez eux. Moins nous aurons de gens sur les routes, mieux cela vaudra…

La gorge serrée, Ariana baissa le volume.

– C'est le cauchemar dehors, confirma Thomas.

Ariana s'approcha de la fenêtre. Elle ne vit que du blanc, comme si l'on avait déployé un voile opaque sur la maison Billings.

– On est coincés, dit-elle, la bouche sèche. Ensemble…

– Ouais, mais ne t'inquiète pas. Je ne ferai rien pour mériter une nouvelle gifle, ironisa Thomas.

– C'est vrai ? demanda naïvement Ariana.

Elle était groggy, comme si elle se réveillait d'un long sommeil. Elle venait seulement de réaliser qu'elle n'irait pas dans le Vermont. Son cerveau avait besoin de temps pour traiter l'information.

– Je ne suis pas idiot. J'ai compris le problème. Tu ne veux pas faire d'infidélité à Ryan, dit Thomas. Donc, si tu veux, on peut rester coincés ici… entre amis.

Il la regarda dans les yeux. Pour une fois, son regard était totalement dénué d'ironie. Il semblait sincère.

– Juste amis ? répéta-t-elle, méfiante.

Elle n'était pas sûre de pouvoir être amie avec Thomas Pearson. Ni même d'en avoir envie. En revanche, elle était certaine d'une chose : elle ne voulait pas rester coincée seule dans cette chambre. C'était un coup à devenir folle.

– Juste amis, confirma Thomas.

– D'accord.

Ariana hocha la tête et chercha des vêtements chauds dans sa penderie. Juste amis, cela lui convenait. Si elle pensait suffisamment à Daniel, elle pourrait ignorer les yeux de Thomas. Son sourire. Le souvenir de son torse nu collé contre son dos, toute la nuit… Oui, c'était sûrement possible.

– Cool. Alors, puisqu'on est potes, j'ai une histoire à te raconter.

Thomas se laissa tomber pesamment sur son lit. Les ressorts grincèrent.

– Je viens juste de croiser une fille hyper sexy ! Figure-toi qu'elle était dans sa douche, complètement à p…

Ariana lui plaqua une main sur la bouche. Thomas la regarda sans comprendre. Elle garda les yeux fixés sur la porte. Elle avait entendu un bruit dans le couloir. Et cette fois, elle n'avait pas rêvé.

Thomas lui saisit le poignet et se libéra.

– Quoi ? demanda-t-il en suivant son regard.

– Il y a quelqu'un, chuchota-t-elle.

Il s'esclaffa.

– Mais non ! Il n'y a personne ici, à part…

Ariana leva une main, l'index dressé. Un bruit de pas se fit entendre derrière la porte.

– Merde ! souffla Thomas.

Il bondit sur ses pieds et Ariana le poussa vers la penderie de Noëlle. Ils se réfugièrent à l'intérieur et refermèrent la porte derrière eux. Ariana posa un pied nu sur un talon aiguille et se mordit la lèvre pour ne pas crier. Elle se maudit d'avoir choisi le placard de Noëlle. Il était plus grand que le sien, mais tellement encombré qu'ils s'y trouvaient très à l'étroit. Leurs corps étaient collés l'un contre l'autre, et elle sentait le souffle chaud de Thomas sur son épaule. Elle rougit en réalisant que seule l'étoffe de sa robe les séparait.

Puis la porte de la chambre s'ouvrit en grinçant. Paniquée, Ariana cessa de respirer et s'abandonna contre Thomas, la peau moite de transpiration. Quelqu'un entra dans la pièce et fit quelques pas à l'intérieur. Un tiroir s'ouvrit, puis claqua. Ariana s'agrippa à Thomas. L'intrus fouillait dans ses affaires. Cette idée la mit en rage et elle dut se faire violence pour ne pas jaillir du placard. Elle n'avait pas le choix. Elle ne pouvait pas prendre le risque de se faire surprendre sur le campus. Cox avait assez insisté sur le règlement et les sanctions réservées aux contrevenants.

L'estomac d'Ariana se mit à gronder. Elle empoigna son ventre pour tenter d'étouffer le bruit et remarqua que Thomas était secoué d'un rire silencieux. Elle se rappela qu'elle n'avait rien avalé depuis la veille.

Les pas se rapprochèrent du placard et s'arrêtèrent devant. Ariana ferma les yeux et pria en silence : « S'il vous plaît, partez. Je vous en prie... »

Au désespoir, elle enfonça les ongles dans son avant-bras. Elle s'imagina sa mère, apprenant que sa fille unique avait été renvoyée d'Easton. Elle la vit, seule dans sa grande maison vide, feuilletant les albums-photos qu'Ariana lui envoyait presque chaque mois depuis qu'elle était à Easton. Des photos d'elle et Daniel. De bals, de pique-niques et de matches de hockey. De Noëlle et elle posant dans leur chambre à Billings, ou devant les imposants bâtiments du campus.

Si Ariana était renvoyée, sa mère perdrait sa raison de vivre. Ariana se glaçait à cette pensée.

Les pas s'éloignèrent et, quelques secondes plus tard, la porte de la chambre claqua. Ariana sortit de la penderie. Elle brûlait d'envie de courir vers la porte et de surprendre l'intrus dans le couloir.

Thomas tendit la main vers elle.

– Ariana, tu trembles…

– Je sais que je tremble ! Il y avait quelqu'un dans ma chambre ! rétorqua-t-elle à voix basse.

Elle s'agenouilla devant son bureau et inspecta les tiroirs, partagée entre le soulagement et la colère. Personne n'était censé entrer à Billings. Combien de personnes connaissaient l'existence de la clé de Noëlle, au juste ? Et qui avait osé venir fureter dans sa chambre ?

– C'était peut-être un surveillant qui entrait dans les chambres pour vérifier que tout le monde était parti ? suggéra Thomas.

Elle secoua la tête.

– Un surveillant n'aurait pas fouillé dans mes affaires. Et ils sont tous à Gleck.

Elle s'arrêta devant son bureau, laissant son regard errer de son ordinateur portable à son exemplaire de *Madame Bovary*, puis sur la bougie que Daniel lui avait offerte. Il manquait quelque chose, mais quoi ?

Thomas haussa les épaules.

– Ouais… Enfin, bon, du moment qu'on ne s'est pas fait repérer…

– Comment tu peux prendre les choses avec autant de légèreté ? répliqua-t-elle sèchement.

Elle passa une main sur la surface du bureau. Penser que quelqu'un avait fouillé dans ses affaires la mettait hors d'elle.

– Merde !

Une écharde venait de s'enfoncer sous sa peau. Elle grimaça en voyant une goutte de sang perler au bout de son doigt.

– Quelqu'un a fouillé ma chambre, et tu as l'air de dire que c'est sans importance.

– Non, protesta Thomas. C'est juste que… tu ne peux rien y faire, alors, tu devrais arrêter de te stresser.

Thomas alla à la fenêtre, effleurant son épaule au passage. Il s'écarta précipitamment, comme s'il s'était brûlé.

– Ce n'est pas comme si tu pouvais aller te plaindre à l'administration. On est là incognito.

Ariana l'ignora, préférant se concentrer sur l'écharde qui s'était logée dans son doigt. Pourquoi ne trouvait-elle pas ce qui avait changé sur son bureau ? Car quelque chose avait changé, elle en était sûre. De même que quelque chose avait changé dans la salle de bains entre le moment où elle était entrée sous la douche et celui où Thomas était apparu.

– On peut classer l'affaire ? soupira Thomas. Habille-toi, et allons chercher quelque chose à manger, avant que les grondements de ton estomac alertent tout le campus.

– D'accord. Je veux juste trouver ce qui manque sur mon…

Ariana n'acheva pas sa phrase. Son sang se figea dans ses veines lorsqu'elle réalisa enfin ce qui avait disparu. Celui ou celle qui était entrée dans sa chambre se moquait de son ordinateur portable, de ses boucles d'oreilles en diamants, de sa montre ancienne. Il n'avait emporté qu'une seule chose.

La photographie en noir et blanc d'Ariana – celle que Daniel avait prise dans les Hampton – avait disparu.

Un pari

Daniel. C'était forcément lui. Qui d'autre aurait pu s'introduire dans sa chambre pour emporter seulement une photo d'elle ? Une photo dont il était l'auteur, en plus...

Ariana enfila un jean propre et un pull en cachemire. Thomas l'attendait dans le couloir ; elle décida de s'accorder un moment pour réfléchir.

Si c'était Daniel l'intrus, pourquoi la torturait-il ainsi ? Cela ne lui ressemblait pas. Avec son tempérament colérique, il aurait été plutôt du genre à réagir à chaud, à la prendre en flagrant délit. À moins qu'il n'ait décidé de commencer par la torturer à petit feu...

Ariana se massa les tempes. Toutes ces questions sans réponse lui donnaient la migraine.

– Il faut combien de temps pour enfiler un pull ? demanda Thomas en faisant irruption dans la chambre.

Il cligna des yeux en la voyant assise sur le lit, les épaules voûtées.

– Ah, tu es habillée.

– Tu ne m'as pas demandé de m'habiller ? demanda-t-elle, impassible.

– Si, mais j'ai pensé que si je te surprenais, j'aurais peut-être droit à la fin du strip-tease...

Ariana fronça les sourcils.

– Je croyais qu'on était juste amis.

– Exactement, répondit Thomas. Viens, on y va. Je crève de faim.

– Thomas..., reprit-elle avec hésitation. Tu crois que c'est Daniel qui est entré ici tout à l'heure ?

Il s'arrêta sur le pas de la porte et soupira en fixant le plafond.

– Ariana. Ton mec est dans le Vermont. Le bonnet qu'on a vu dans les bois était une pure coïncidence. Il en existe des milliers exactement pareils. Et ouais, quelqu'un est entré ici, mais c'était sûrement la femme de ménage.

Ariana devina à son intonation qu'il n'y croyait pas vraiment.

– De toute façon, il faut qu'on mange, non ?

– Ouais, soupira-t-elle à son tour.

Le dortoir n'était pas chauffé. Comme elle avait encore froid, elle enfila son manteau.

– Alors viens. J'ai une surprise pour toi.

Thomas pivota et ouvrit les tiroirs de son bureau.

– Qu'est-ce que tu fais ? demanda Ariana, outrée.

Pourquoi les gens s'obstinaient-ils à fouiller dans ses affaires ?

Il lui tendit un trombone.

– *My name is Pearson. Thomas Pearson*, dit-il doucement.

– Quoi ?

Thomas posa un doigt sur ses lèvres. Puis il prit un débardeur qui traînait sur le lit de Noëlle et s'approcha d'Ariana en balançant le minuscule vêtement. D'un geste vif, il le lui passa sur la tête, tel un bandeau improvisé.

– Thomas, je ne suis pas d'humeur à...

Elle leva les mains pour arracher le bandeau, mais Thomas les lui emprisonna délicatement et les garda entre les siennes.

– C'est bien le problème. Si on est coincés ensemble jusqu'à la fin de la tempête, il va falloir que tu te dérides un peu. Tu me déprimes, Osgood.

Il avait prononcé ces mots sur le ton de la plaisanterie, mais Ariana ne s'y trompa pas.

– D'accord, accepta-t-elle à contrecœur.

– Bien.

Il passa derrière elle et lui posa les mains sur les épaules. Puis il la guida lentement vers la sortie.

– Porte ! annonça-t-il sans la lâcher.

Ariana ouvrit les yeux et s'efforça de distinguer des formes à travers la dentelle. Tout était flou, distordu. Son cœur s'affola. Elle détestait ça.

– Je ne comprends pas pourquoi c'est moi qui ai les yeux bandés, protesta-t-elle.

– Parce que c'est moi qui sais où on va, Einstein.

Thomas lui fredonna le thème de James Bond à l'oreille. Elle frissonna agréablement et commença à se détendre. Elle était entre de bonnes mains.

– Escalier ! chantonna-t-il.

Ariana sourit malgré elle. Ils descendirent marche après marche. Thomas la tenait fermement par les épaules, pour l'empêcher de basculer.

– On est arrivés, annonça-t-il enfin.

Ariana l'entendit crocheter une serrure. Puis une porte s'ouvrit en grinçant. Il lui posa une main au creux des reins.

– Après toi.

Le bandeau n'avait servi à rien. Billings n'était pas si vaste ; Ariana savait exactement où elle se trouvait.

– Tu n'as pas fait ça ! s'écria-t-elle en se découvrant les yeux.

– Quoi ? fit-il avec un sourire triomphant. Ça ne te plaît pas ?

Ariana regarda le coquet petit appartement. Un canapé couvert de coussins brodés était disposé perpendiculairement à la porte, flanqué d'un côté et de l'autre de tables d'appoint en acajou. En face trônaient un fauteuil marron, un pouf assorti, et une table basse sur laquelle étaient posés trois livres : le *Guide de la tranquillité domestique*, le *Livre des bonnes manières*, et un *Manuel de savoir-vivre*. Toutes les surfaces horizontales étaient couvertes de napperons au crochet et la moitié des coussins étaient à l'effigie de chats siamois.

Ariana jeta le débardeur de Noëlle sur un vilain coussin en tricot orné du mot : « Miaou ».

– Lattimer va nous tuer, prévint-elle.

La surveillante de la maison Billings veillait férocement sur son intimité. Jusqu'à ce jour, Ariana n'avait pu jeter qu'un bref coup d'œil dans son appartement, lorsque Mme Lattimer y entrait ou en sortait.

– Seulement si elle s'aperçoit qu'on est venus, rectifia Thomas.

Il prit un plaid sur le dossier du canapé et le drapa sur son bras.

– Bienvenue chez Lattimer, la meilleure table de Billings.

– Sérieusement, insista Ariana. Je crois qu'on devrait aller ailleurs.

S'introduire à Billings était une chose. Entrer par effraction dans l'appartement de la surveillante était un forfait autrement plus grave. Thomas croisa les bras.

– Où ça ?

Ariana se mordit la lèvre. Elle envisagea un instant de passer un coup de fil au directeur pour lui signaler leur présence. Mais elle se rappela la réunion de la veille, et les mises en garde de Cox. Thomas et elle avaient déjà enfreint trop de règles. Il avait raison. Ils n'avaient guère d'autre choix. Les élèves restés sur le campus utilisaient la cafétéria. Piquer des provisions à la cuisine n'était donc pas une option.

– Avant de répondre, laisse-moi te montrer le principal attrait de la maison.

Thomas s'approcha d'un thermostat fixé au mur et tourna le bouton. Un bruit de tuyauterie fit sursauter Ariana.

– Du chauffage ! s'exclama-t-elle joyeusement.

Elle avait l'impression que ses os étaient gelés depuis plusieurs jours.

– Du chauffage, confirma Thomas.

– C'est bon, on reste ici.

Elle s'avança vers la kitchenette et se hissa sur un tabouret du comptoir.

– Alors quelles sont les spécialités de la maison ?

Thomas inspecta les placards.

– Au menu aujourd'hui, nous avons du riz complet, du mélange pour crêpes, du jus de pruneaux…

– Waouh, tout me fait envie, plaisanta Ariana. Surprends-moi.

– Dans ce cas, ce sera des crêpes.

Thomas fouilla la cuisine à la recherche d'ustensiles : verre doseur, fouet et saladier. Il les posa sur le comptoir et se mit au travail.

– Tu sais cuisiner ? demanda Ariana en souriant.

Apprendre quelque chose de nouveau sur Thomas lui plaisait.

– Ce n'est pas compliqué de suivre une recette...

Ariana le regarda mesurer le mélange, puis l'huile et le lait dans un verre doseur. Sa dextérité prouvait qu'il avait déjà cuisiné. Pourquoi essayait-il de lui faire croire le contraire ?

– Donc, c'est la première fois que tu fais ça, le taquina-t-elle.

Thomas lui tournait le dos. Il s'arrêta de fouetter.

– OK. Je suis démasqué, dit-il par-dessus son épaule. J'avoue : je sais faire les crêpes et les croque-monsieur.

– Intéressant...

– Ouais. Quand j'étais gosse, on mangeait rarement en famille, et notre cuisinière faisait des trucs atroces, genre poisson au chutney de mangue. À force, j'ai pris l'habitude de retourner dans la cuisine après le repas pour me préparer des trucs à mon goût.

– Crêpes et croque-monsieur, résuma Ariana.

– C'est ça.

Ariana comprenait. Elle aussi avait dû apprendre très tôt à ne compter sur personne. Pour son douzième anniversaire, elle avait prévu et organisé elle-même une fête. Son père était absent, et sa mère cloîtrée dans sa chambre. Elle se demanda ce qui avait brisé la famille de Thomas. Avait-il lui aussi un père volage, et une mère qui perdait les pédales avant même qu'il lui ait brisé le cœur ?

– Au fait, tu ne m'as pas dit pourquoi tu n'es pas rentré chez toi, dit Ariana.

Thomas resta concentré sur son saladier.

– Il y a trop de monde en ville pendant les fêtes...

– Thomas ?

Il leva la tête et leurs regards se croisèrent.

La douleur, la vulnérabilité qu'elle lut dans ses yeux la firent tressaillir. Une boule enfla dans sa gorge. Elle connaissait ce sentiment. Elle l'avait éprouvé souvent, se demandant quel crime elle avait commis pour mériter une famille pareille.

Thomas resta un instant silencieux, avant de reprendre :

– Pour faire court, disons que le réveillon n'est pas une soirée très réjouissante chez les Pearson. Sauf si tu aimes voir tes parents se prendre la cuite de l'année.

– Aïe, fit Ariana. Ç'a toujours été comme ça ?

– Plus ou moins, ouais, dit Thomas avec un sourire triste. Et toi ? Qu'est-ce qui t'a motivée à passer Noël avec « les Balais dans le cul » ?

Ariana s'esclaffa.

– C'est long pour un diminutif.

– Je travaille à le raccourcir.

Il fit couler de l'eau sur ses doigts, puis jeta quelques gouttes dans la poêle chaude. Elles claquèrent et grésillèrent. Ça alors ! Il savait même tester la température.

– Tes parents se disputent, eux aussi ?

– Non.

Ariana soupira.

– C'est presque pire. Ils ne se parlent pas. Jamais. Même quand je suis dans la même pièce qu'eux. Ma mère regarde mon père d'un air implorant, pathétique. Et lui, il ignore complètement sa présence.

– Le silence est parfois une bonne chose, hasarda Thomas.

– Pas celui-là, répondit tristement Ariana en fixant ses mains.

Thomas se détourna et mélangea la mixture. Ariana se laissa bercer par le battement régulier du fouet.

– Je n'y ai jamais vraiment réfléchi quand j'étais gosse, avoua-t-il finalement.

– Réfléchi à quoi ?

– À leur comportement. Au fait qu'ils s'engueulaient dès qu'ils passaient plus de vingt minutes dans la même pièce. Au fait qu'ils étaient toujours complètement torchés à la fin des repas. Mais un soir de Noël, quand on était petits, ils étaient tous les deux en voyage d'affaires, et on a été invités chez des amis avec mon frère...

– Blake ?

Il hocha la tête.

– Et là, j'ai eu l'impression qu'il manquait quelque chose. Comme si on avait coupé le son. Le père ne hurlait pas. La mère ne pleurait pas...

Thomas versa une louche de mélange dans la poêle chaude, qui crépita.

– Maintenant, tu comprends pourquoi j'apprécie les Ryan, dit Ariana.

– Ils sont normaux ? demanda Thomas, sceptique. C'est difficile à croire.

– C'est sûrement relatif, admit Ariana. Mais pour moi, oui.

Thomas termina les crêpes en silence, puis les déposa sur deux assiettes qu'il plaça sur le comptoir. Il vint s'asseoir sur le tabouret à côté d'Ariana. Leurs coudes se frôlèrent, mais ni l'un ni l'autre ne s'écarta.

– Tu me passes le sirop d'érable ? demanda Ariana.

Thomas lui présenta le flacon par-dessus son avant-bras comme s'il s'agissait d'une bouteille de vin.

– Tes désirs sont des ordres.

Ariana versa une flaque de sirop sur son tas de crêpes et y découpa un triangle parfait. Thomas récupéra le flacon, versa à son tour du sirop sur ses crêpes, qu'il déchiqueta au couteau avant d'en enfourner une pleine fourchette.

– Tes parents ont toujours été comme ça ? demanda-t-il.

Ariana sentit un poids soudain dans son estomac. Elle n'avait jamais parlé de sa mère à personne. Même pas à Noëlle. Cela lui aurait paru déloyal, et surtout embarrassant.

Elle posa sa fourchette et s'essuya méthodiquement les doigts avec sa serviette, un par un.

– Tu sais, tu ne risques pas de me choquer, dit Thomas d'un ton neutre. Fais-moi confiance.

Ariana le fixa. Il soutint son regard sans ciller, et elle comprit qu'elle pouvait lui dire la vérité. Il avait une famille lamentable, lui aussi. Rien à voir avec les Ryan. Ni avec les Lange, qui s'aimaient, même s'ils avaient une étrange façon de l'exprimer.

– Jure-moi que tu n'en parleras à personne.

– À qui j'en parlerais ?

Thomas lui signifiait que les ragots ne l'intéressaient pas, et elle le crut sur parole. Elle se jeta à l'eau.

– Ma mère n'a pas arrêté de faire des séjours à l'hôpital psychiatrique, aussi loin que je me souvienne.

Elle guetta sa réaction. Il ne cilla même pas.

– Du coup, j'ai passé pas mal de temps avec mon père, continua-t-elle. Ma mère n'était que rarement à la maison.

– Tu n'as pas de frères et sœurs ?

Ariana serra son avant-bras à le briser, mais ne répondit pas. Elle ne voulait pas s'aventurer sur ce terrain.

– Quand ma mère rentrait à la maison, tout se passait bien les deux ou trois premiers jours. Elle cuisinait et jouait avec moi. Elle était… lumineuse, dit Ariana les yeux dans le vague. Quelquefois, ça durait un peu plus longtemps, mais elle finissait toujours par replonger.

– Dépression ? demanda Thomas.

– Sévère, confirma Ariana. Elle s'enfermait à double tour dans sa chambre et ne laissait entrer personne. Ça rendait mon père furieux. Il a commencé à s'absenter plusieurs jours, puis plusieurs semaines d'affilée. Heureusement que j'avais une nounou pour s'occuper de moi…

– Qu'est-ce qu'on serait devenus sans nos nounous ? plaisanta Thomas pour détendre l'atmosphère.

– Ma mère se débrouillait toujours pour le faire revenir, à coups de menaces, continua Ariana.

Elle déchira sa serviette en papier en deux, puis en quatre. Quatre petits carrés parfaitement symétriques.

– Des menaces ? répéta Thomas.

– Elle le menaçait de… Tu sais…

Ariana regarda Thomas. Il la fixait. Il allait l'obliger à le dire.

– De se suicider.

Elle déchira de nouveau la serviette. En huitièmes, puis en seizièmes, etc. Son tas de crêpes avait absorbé tout le sirop d'érable et refroidissait.

– Et un jour quand j'avais neuf ans, papa était parti depuis un mois... Elle a fini par mettre sa menace à exécution.

– Ta mère s'est suicidée ? s'étrangla Thomas avant de rougir, conscient de sa bourde.

– Non ! Non. Elle a juste essayé, rectifia Ariana.

Soudain, elle revit la scène comme si c'était hier. Le corps inanimé de sa mère, en position de fœtus sur le tapis de la salle de bains. Les pilules orange éparpillées autour d'elle sur le carrelage blanc. Ses cheveux blonds formant un halo autour de sa tête.

Ces images étaient d'une précision effroyable. Ariana se sentit soudain faible, engourdie.

– C'était le dernier jour d'école avant les vacances de Noël, ajouta-t-elle d'une voix monocorde, détachée.

Elle continua d'égrener les souvenirs sur le même ton :

– C'est moi qui l'ai trouvée. J'ai appelé les secours. Le médecin m'a dit que si j'étais arrivée cinq minutes plus tard...

Elle s'entendit de nouveau hurler le nom de sa mère. Se vit hoqueter au téléphone, hystérique.

– Comment s'y est-elle prise ? demanda Thomas, qui avait cessé de manger.

La question ramena Ariana au présent.

– Elle a avalé des cachets avec une bouteille de vin vieux que mon père avait achetée pendant leur lune de miel. Il faut lui reconnaître un certain talent pour la mise en scène.

– Tu m'étonnes, dit Thomas. Tu dois vraiment détester Noël...

– Passionnément, confirma Ariana.

Elle était toute tremblante, mais heureuse de s'être confiée à Thomas. Sa famille, son passé n'étaient plus un secret. Elle n'avait plus à en avoir honte. Elle en avait parlé à quelqu'un, et le monde ne s'était pas écroulé.

– Cette année, j'avais quand même envie de rentrer à la maison pour être avec ma mère, mais elle a insisté pour que j'accompagne Daniel, alors...

Ariana s'interrompit.

Thomas fixa son assiette. Quand il releva les yeux, ils étaient d'un bleu plus sombre.

– Et toi ? demanda-t-il.

– Quoi, moi ?

– Tu dis que ta mère a voulu que tu rejoignes Daniel. Mais toi ? Qu'est-ce que tu voulais ?

Ariana cligna des yeux. C'était la première fois qu'on lui posait cette question. Pourquoi fallait-il qu'elle vienne de Thomas ?

– Moi, je...

Sa voix se brisa.

– C'est… compliqué.

– Compliqué ? Soit tu aimes ton mec, soit tu ne l'aimes pas. C'est tout, sauf compliqué.

– Ce n'est pas aussi simple, répliqua Ariana. Ma mère vit à travers moi. Elle est tellement fière de moi, de ma vie ici… Si jamais je rompais avec Daniel, si j'étais renvoyée, elle…

Ariana ne put aller au bout de sa pensée. Elle ne supportait pas d'imaginer ce qui arriverait par sa faute.

– C'est pour cela que je dois aller dans le Vermont, acheva-t-elle. Je n'ai pas le choix.

– Mais c'est injuste ! s'écria Thomas. Tu ne vas pas vivre toute ta vie pour elle. Elle ne veut pas que tu sois heureuse, ou quoi ?

– Si, mais elle croit que je le serai grâce à Easton, Billings et Daniel. Et c'est logique.

La voix d'Ariana était de plus en plus haut perchée.

– Je veux dire, ils me rendent heureuse. Daniel est un mec super, et il m'aime.

Thomas éclata d'un rire cruel.

– Daniel Ryan n'aime personne, à part lui-même !

– Tu n'en sais rien, protesta Ariana en posant ses fragments de serviette en papier sur le comptoir. Sinon pourquoi serait-il prêt à perdre sa virgini…

Thomas écarquilla les yeux.

– Attends une seconde, Daniel Ryan t'a fait croire qu'il était puceau ?

Ariana piqua un fard.

– Il l'est.

Un éclair amusé passa dans les yeux de Thomas, et Ariana eut une bouffée de chaleur. Comment osait-il la regarder avec cet air condescendant, comme si elle était d'une naïveté affligeante. Son sang entra en ébullition. Elle se vit en pensée soulever la poêle à crêpes et assommer Thomas par-derrière, rien que pour chasser cette expression odieuse.

– Arrête de me regarder comme ça ! dit-elle en se levant.

– OK, s'inclina Thomas, de nouveau sérieux. C'est juste que… Je n'en reviens pas qu'il t'ait baratiné là-dessus. Et encore moins que tu l'aies avalé…

La colère d'Ariana retombait peu à peu.

– Je n'ai rien avalé. C'est la vérité, dit-elle fermement. En plus, ça ne te regarde pas.

– Maintenant, ça me regarde, objecta Thomas en se levant. Viens, allons-y.

– Où ça ? demanda Ariana sans broncher.

– Je vais te prouver qu'il t'a menti. À moins que tu aies peur d'apprendre la vérité.

Ariana leva le menton.

– Je n'ai peur de rien.

Thomas récupéra son manteau sur le canapé.

– Bien. Alors, je te propose un pari.

– Quel genre ?

– Je parie que je peux te prouver que Daniel Ryan a déjà couché avec une fille. Si j'ai tort, je...

– Tu reviens ici et tu nettoies ce bazar tout seul ? suggéra Ariana, même si la perspective de laisser l'appartement de Mme Latimer dans cet état la révoltait.

– D'accord ! Et si c'est toi qui as tort, tu devras m'embrasser de nouveau, enchaîna Thomas.

– Très créatif !

– Que veux-tu ? Les hommes sont basiques...

– D'accord. Allons-y, qu'on en finisse.

Ariana récupéra son manteau sur le sofa. Elle était convaincue que Daniel ne lui avait pas menti. Pas sur un sujet aussi grave. Et elle avait hâte de faire disparaître ce sourire effronté du visage de Thomas Pearson.

Isobel dans la neige

Thomas poussa la porte arrière de Billings et ils reçurent une rafale de neige glacée en pleine figure. Ariana voyait à peine à un mètre devant elle.

– Viens. Je vais te tenir pour ne pas que tu t'envoles.

Thomas était obligé de crier pour couvrir le hurlement du vent. Il tendit sa main gantée à Ariana. Elle l'accepta en se persuadant que c'était une simple question de survie et le suivit dans le blizzard. La neige arrivait au niveau des fenêtres du rez-de-chaussée. Ils s'y enfoncèrent jusqu'aux cuisses. Ariana grimaça quand l'humidité traversa son jean. Ses yeux la brûlaient et des larmes roulaient sur ses joues lorsqu'elle clignait des paupières.

– C'était peut-être une mauvaise idée, dit-elle.

Elle regarda avec regret la fenêtre de Mme Lattimer.

– Continue, répondit Thomas.

Ils firent le reste du chemin en titubant, sans essayer de communiquer et s'abritèrent sous l'auvent de Ketlar. Ariana avait les cheveux trempés, la goutte au nez, et ses oreilles semblaient prêtes à se briser.

– Voilà, ce n'était pas si terrible, dit Thomas.

Dans le ciel, les nuages avaient pris une teinte jaunâtre. Difficile de deviner qu'il était à peine midi.

Ariana songea à Noëlle, bien au chaud dans son appartement new-yorkais, ou en train de déjeuner dans un restaurant luxueux avec ses parents. Puis elle eut une pensée pour les Ryan, réunis autour d'une cheminée, dans le Vermont. Elle aurait pu être avec eux en ce moment, sans cette maudite tempête…

– Si on entrait.

Thomas ouvrait la porte, quand Ariana aperçut une silhouette sombre du coin de l'œil. Il l'attira brusquement à l'intérieur du bâtiment et la força à s'accroupir sous la vitre de la porte principale.

– C'était qui ? chuchota-t-il. Personne ne crèche dans cette partie du campus.

Ariana se redressa. Ignorant les supplications de Thomas, qui lui chuchotait de rester baissée, elle jeta un coup d'œil par la fenêtre.

Une grande silhouette agile se déplaçait lentement face au vent, en suivant grosso modo le sentier de pierres enneigé.

Le vent ébouriffait ses cheveux bruns.

– C'est Isobel, chuchota Ariana avant de se baisser à nouveau. Je ne crois pas qu'elle nous ait vus.

– Qu'est-ce qu'elle fabrique ici ?

– Elle passe une semaine à Easton en attendant que ses parents rentrent de voyage.

– Isobel Bautista n'a pas d'autres projets de vacances ? fit Thomas en levant un sourcil. Je ne sais pas pourquoi, ça m'a l'air d'un prétexte bidon.

Ariana haussa les épaules.

– Il faut qu'on soit plus prudents. Si un élève nous surprend et nous dénonce, on est morts.

– Je sais.

Thomas se mit debout et la tira par les mains pour l'aider à se relever.

– Je ne peux pas me faire renvoyer. Mes parents me déshériteraient.

– Ouais. Moi aussi.

Ariana frotta les ailes de son nez pour le réchauffer. Sans succès.

– Sérieusement, insista Thomas. Le prochain coup, ils me rayent de leur testament. Tout reviendra à Blake.

Ariana le fixa, incrédule.

– Ils feraient ça ?

Thomas hocha la tête.

– Ils m'ont prévenu la dernière fois que le directeur les a appelés. Un élève de troisième a été raconter au surveillant de Westley que je lui ai vendu du Adderall.

– C'est vrai ?

– Ce petit con ingrat ! grommela Thomas, sans se rendre compte qu'il venait de plaider coupable.

Il fit volte-face et s'éloigna à grandes enjambées vers l'ascenseur.

– Allons-y, lança-t-il par-dessus son épaule. Tu as un pari à perdre.

Statistiques

– Je n'en reviens pas de faire un truc pareil, dit Ariana, devant la porte de Daniel. S'il le savait, il me tuerait.

– Ouais, je confirme, la taquina Thomas.

Ariana lui lança un regard assassin et poussa la porte. Des survêtements sales, de vieux magazines de sport et des emballages de barres protéinées traînaient par terre. Des vêtements en vrac débordaient des tiroirs de la commode et un bol de céréales trônait sur le bureau.

– C'est dégueulasse, commenta Thomas en montrant un short taché d'herbe et de boue posé sur la taie d'oreiller de Daniel. Même pour un mec…

– Il n'a pas le temps de faire le ménage, prétexta Ariana.

Elle enjamba un casque de hockey en plissant le nez.

– C'est vrai… entre toutes ses équipes, ses clubs auxquels il appartient tous ses clubs, ces équipes auxquels il appartient, sans compter qu'il décroche les félicitations chaque semestre… Message reçu, répondit Thomas.

Gênée qu'il ait lu dans ses pensées, Ariana se détourna et commença machinalement à ramasser les affaires de Daniel, plier les habits qui lui semblaient propres et balancer les autres dans le panier à linge. Alors qu'elle essayait d'y fourrer un T-shirt, Thomas lui prit le panier des mains et vida son contenu devant la penderie.

– Qu'est-ce que tu fabriques ?

Thomas farfouilla dans le tas de vêtements. Il en sortit un bustier en dentelle, qu'il brandit sous son nez, triomphant.

– Ça te suffit comme preuve ? Soit ton petit copain se paye du bon temps, soit il aime se déguiser. Dans les deux cas, tu perds.

– C'est à moi ! riposta Ariana en lui arrachant le bustier des mains. Mais je suis ravie qu'il te plaise.

– Quoi ?

Thomas fixa le bustier, puis promena son regard sur le buste d'Ariana. Elle s'empressa de glisser le dessous dans sa poche.

– Un coup pour rien, fit-elle. Tu abandonnes ?

– Certainement pas ! Je commence à peine.

Il s'approcha du bureau de Daniel, ouvrit et referma les portes l'une après l'autre. Finalement, il sortit un tas de cahiers, qu'il posa par terre avec un petit sourire.

– Un point pour moi !

Il s'assit au bureau et posa l'ordinateur portable de Daniel sur ses genoux.

– Mot de passe ?

Ariana haussa les épaules.

– Aucune idée. Désolée.

Elle vint s'appuyer contre le bureau.

– Allez, insista Thomas. Je suis sûr que tu connais le mot de passe de ton mec.

– Je te l'ai déjà dit : je lui fais confiance. Et c'est réciproque.

« Mensonges », ajouta-t-elle en pensée.

– Ah ouais ? fit Thomas en haussant les sourcils, sceptique.

– Je ne fouine pas dans ses affaires. C'est une règle.

– Tu ne *fouinais* pas, rectifia-t-il. Jusqu'à aujourd'hui.

Il tapota le bureau de ses doigts.

– Son numéro au hockey, c'est quoi ?

– 29. Mais c'est beaucoup trop évident.

Thomas tapa Ryan29 dans la fenêtre. « Mot de passe incorrect » répondit l'ordinateur. *Idem* pour les tentatives suivantes : Daniel 29, DRyan29, et LAX29.

– Mince, se moqua Ariana. Encore raté...

Elle posa le bol de céréales sur une étagère au-dessus du bureau et s'assit près de Thomas. Elle éprouvait une sensation étrange. Du soulagement ? Impossible ! Elle n'avait pas imaginé une seule seconde que Thomas trouverait quelque chose de compromettant dans les affaires de Daniel. Aucun élément ne l'avait jamais incitée à douter de sa sincérité. C'était plutôt Daniel qui aurait dû douter d'elle, vu les circonstances. Et Thomas et elle venaient fouiller dans ses affaires : un comble !

Ses cheveux n'étaient toujours pas secs, mais elle transpirait tellement qu'elle aurait volontiers pris une nouvelle douche.

– Allez ! s'impatienta-t-elle. Tu as cherché, tu n'as rien trouvé... Allons-nous-en.

– Pas si vite ! protesta Thomas. Laisse-moi une chance de gagner mon pari. Je vais tenter plus simple. C'est quand, son anniversaire ?

– Le 12 août, soupira Ariana.

Thomas entra les chiffres 1208 sans succès. Ariana se leva et ramassa les cahiers de Daniel par terre.

– Allez, viens ! Tu as de la vaisselle qui t'attend.

Elle posa les cahiers en vrac sur le bureau et gagna la porte.

– Attends ! Donne-moi une dernière chance, fit Thomas, concentré sur le clavier.

– Non, on s'en va !

Elle décida d'ignorer le numéro corné de *Maxim*[1] près

1. *Maxim* est un magazine pour hommes qui présente des photos d'actrices, top models, etc., en petite tenue.

de son pied et fixa l'écran, où Thomas venait de taper « mot de passe » dans la fenêtre adéquate.

Le message : « Bienvenue, Daniel Ryan ! » s'afficha à l'écran, sur une photo de Daniel en tenue de hockey. Le cœur d'Ariana se serra.

– Incroyable ! s'esclaffa Thomas. Tu sors avec un robot, tu le savais ?

– Ferme-la, siffla-t-elle entre ses dents.

– On va commencer par sa messagerie instantanée, proposa-t-il en ouvrant un dossier.

Ariana sentit son pouls s'accélérer.

– Pour info, c'est totalement illégal, rappela-t-elle.

– Au point où on en est…

Thomas parcourut la liste des conversations, ouvrit un fichier et le fit défiler, hilare.

– Excellent !

– Quoi ? demanda Ariana.

À voir son expression, Thomas avait décroché le jackpot.

– Lis toi-même.

Il lui présenta l'écran. Elle déchiffra les premières lignes de la conversation, le cœur battant.

RyanLAX (20:07) : T'es là ? Tu viens ?
Angel01 (20:08) : Pas possible.
Trop de boulot pour demain.

Demain soir si tu es sage.
RyanLAX (20:11) : Comment te convaincre ?
Angel01 (20:13) : Tu as une idée en tête ?
RyanLAX (20:15) : Viens, tu verras.
Angel01 (20:18) : Donne un indice.
RyanLAX (20:19) : Indice :
tu n'auras pas besoin de fringues.
Angel01 (20:21) : Ça tombe bien je sors de la douche.

Ariana sentit que Thomas la regardait. Elle avait les joues en feu.

– Ça suffit, dit-elle en fermant le fichier. J'en ai assez vu.

Elle repoussa l'ordinateur vers Thomas, qui se tortilla sur son siège.

– Écoute, Ariana… Il valait mieux que tu le saches avant de…

Elle éclata de rire.

– Tu es vraiment trop naïf ! Je n'ai pas besoin d'en lire plus parce qu'Angel01, c'est moi !

Thomas écarquilla les yeux.

– Alors, c'est vrai : tu es bien une petite coquine.

Ariana rougit de plus belle.

– Bon… Tu es prêt à admettre que Daniel n'est pas un menteur, qu'on parte d'ici ?

– Certainement pas !

Ariana le regarda ouvrir deux ou trois autres fichiers et parcourir leur contenu. Soudain, son expression changea.

– Quoi ? demanda-t-elle, inquiète.

Thomas se tourna vers elle. Le dégoût et la pitié se mêlaient dans ses yeux.

– Rien. Je n'ai rien trouvé. Viens, on y va !

Thomas allait refermer l'ordinateur. Elle tendit la main pour intercepter son geste. Son cœur battait la chamade. Il avait trouvé quelque chose, c'était clair...

– Passe, dit-elle en lui prenant l'ordinateur des mains.

Thomas tenta en vain de le récupérer.

– Ariana...

Elle regarda l'écran en plissant les yeux. Le tableur que Daniel utilisait pour consigner ses statistiques de hockey était ouvert. Les intitulés des colonnes lui étaient familiers : buts, tentatives, assistances. Un second tableau, intitulé « Scores », était ouvert dans la barre des tâches, mais masqué par le premier.

– Ce sont ses statistiques de hockey, dit-elle en déplaçant le curseur pour consulter le tableau à l'arrière-plan.

– À ta place, je n'ouvrirais pas ça, dit Thomas en se grattant la nuque.

Cette mise en garde ne fit que piquer la curiosité d'Ariana, qui cliqua sur l'icône du document. Un nouveau tableau s'afficha à l'écran, mais pas celui auquel elle s'attendait. La colonne de gauche était une liste de filles, dont certaines qu'elle connaissait. Celle de droite contenait des dates. La plus ancienne remontait au mois de septembre de l'année de troisième de Daniel, quatre ans plus tôt.

– Je ne comprends pas. Qu'est-ce que...

Puis elle lut le dernier nom de la colonne de gauche. «Ariana Osgood». Et, dans celle de droite : «vacances de Noël, année de terminale».

Sa poitrine se comprima, comme si ses poumons s'étaient brusquement dégonflés. Cette liste recensait les filles avec qui Daniel avait couché, et son propre nom figurait en dernière position. Daniel Ryan n'était pas puceau. Depuis qu'il était à Easton, il avait couché avec des dizaines de filles du campus, plus d'autres. Et pire : tout le monde devait le savoir. Tout le monde devait la prendre pour une cruche, à juste titre. Ce mec, qui prétendait l'aimer, lui avait menti effrontément. Il l'avait humiliée devant tout le lycée. Il la menait en bateau depuis plus d'un an...

Elle parcourut de nouveau les dates, prise d'un affreux soupçon. Oui ! Ce salaud avait couché avec deux autres filles pendant qu'ils étaient ensemble.

«Je suis vraiment trop nulle ! Il m'a roulée dans la farine. Il s'est fichu de moi.»

– Ariana ? Ça va ?

«Ils sont tous en train de rire de moi dans mon dos.»

Ariana se mit à trembler. Elle n'était rien. Rien de plus qu'un nom dans un tableau. Une statistique… Elle empoigna son avant-bras et enfonça profondément les ongles dans sa chair.

« Je pourrais aussi bien me suicider. Je ne manquerais à personne. Personne ne s'en soucierait. »

– Ce mec est un abruti, lâcha Thomas. Il ne te mérite pas.

Ariana leva les yeux vers lui, et soudain, ses idées se remirent en place. Bien sûr que si, quelqu'un se soucierait de sa disparition ! Thomas. Il venait de le dire.

Ariana laissa tomber l'ordinateur, qui s'écrasa sur le sol. Un éclair zébra l'écran et l'appareil rendit l'âme avec un affreux « zip ! » Puis elle agrippa le manteau de Thomas et l'attira à elle. Elle se colla contre son corps, écrasa ses lèvres sur les siennes. Ce qui l'avait retenue de le faire jusque-là n'existait plus. Thomas lui rendit son baiser et elle sentit un poids s'envoler de ses épaules.

Daniel ne la méritait pas… Elle ne lui appartenait pas.

Elle attrapa Thomas par le col, lui retira son manteau et le balança par terre, puis s'attaqua à sa chemise. Ses mains ne tremblaient plus.

« Daniel Ryan, je te méprise ! Au diable, toi et ta famille parfaite. »

– Tu es sûre ? souffla Thomas lorsqu'elle fit glisser sa chemise, découvrant ses épaules nues, son torse svelte et bronzé.

Elle l'embrassa dans le cou et fit courir les doigts sur sa poitrine.

– Un pari est un pari, dit-elle en souriant. Je ne suis pas mauvaise perdante.

– Viens, suggéra-t-il. Retournons dans ma chambre.

Il ramassa son manteau et se dirigea vers la porte, la main tendue vers elle. Elle secoua la tête.

– Je préfère rester ici.

Elle indiqua le lit défait de Daniel et ôta son pull.

– C'est bien mérité.

Thomas sourit. Il laissa retomber son manteau sur le sol, la rejoignit sur le lit et la renversa en arrière. Ariana songea que Daniel mourrait s'il savait ce qu'elle faisait.

– J'aime ton état d'esprit, petite coquine, dit Thomas.

Ariana l'attira tout contre elle. Et, alors qu'elle avait affirmé à Daniel Ryan qu'elle ne perdrait jamais sa virginité dans sa chambre de dortoir, c'est précisément ce qui arriva.

Alarme

C'était comme un rêve… Ariana, les yeux fermés, la tête posée sur la poitrine de Thomas, se repassait en pensée les images des dernières heures, tel un film muet. Après une étreinte fougueuse dans la chambre de Daniel, ils s'étaient réfugiés dans celle de Thomas pour recommencer. La seconde fois, c'était plus romantique. Plus tendre. Thomas l'avait embrassée sur le seuil, puis l'avait invitée à entrer chez lui, avant de lui retirer son pull. Elle ne portait rien dessous, mais dans la lumière tamisée de la chambre, elle s'était sentie parfaitement à l'aise. Ils avaient refait l'amour et elle avait enregistré chaque caresse, chaque baiser… jusqu'au grain de sa peau.

C'était monumental. Elle n'oublierait jamais ce jour, et mieux : elle voulait se le rappeler dans le moindre détail.

Le soleil s'était couché et la pièce n'était éclairée que par les bougies que Thomas avait allumées avant de s'endormir. Il bougea légèrement. Elle roula vers lui, savourant leur intimité. Thomas était très différent de Daniel. Elle ne se sentirait jamais aussi vulnérable auprès de lui. Sa mère comprendrait. Après la trahison de Daniel, elle serait bien obligée.

Ariana grimaça en constatant que son pendentif s'enfonçait dans son omoplate. Elle le déplaça. Le bijou avait laissé une profonde empreinte en fleur de lys dans sa peau.

– Ça va ? lui demanda Thomas, l'air ensommeillé.

Il lui embrassa le sommet du crâne. La lumière des bougies donnait à la pièce une atmosphère chaleureuse.

– Super bien.

Elle lui effleura le bras du bout du doigt. Sa voix enjouée l'étonna. Pas la moindre trace de honte ou d'inquiétude dans ses mots.

Ariana Osgood était enfin calme. Parfaitement calme et sereine.

– Moi aussi, murmura-t-il, en lui caressant les cheveux.

Il la regarda intensément, comme si rien d'autre ne comptait pour lui. Comme si rien ne pouvait l'arracher à elle. Ni Daniel, ni la menace d'être renvoyé, ni leurs familles respectives. Il était là, avec elle. Complètement.

Elle aussi se sentait en fusion avec lui. La tension qui l'avait habitée ces dernières heures – pour ne pas dire ces dernières années – s'était évaporée. Elle se sentait légère. Libre. Son souffle était lent et régulier. Est-ce que c'était cela, le bonheur ?

– Tu es bien silencieuse, observa Thomas.

Il promena les doigts sur son dos nu. Elle frissonna.

– Je réfléchissais, répondit-elle en se dressant sur un coude.

Elle avait tellement imaginé ce moment qu'elle avait du mal à croire qu'il s'était réellement produit. Sauf que dans ses rêveries, elle se voyait folle amoureuse, dans les bras du mec parfait. L'héroïne de son propre roman. Or Thomas était tout, sauf parfait. Il était sarcastique, brouillon, et il avait le chic pour dire toujours ce qu'il ne fallait pas. Mais il savait ce que c'était de grandir dans une famille à problèmes. Et il ne la jugeait pas.

– À quoi ? insista-t-il.

– Au fait que je suis totalement heureuse.

Ariana avait suffisamment confiance en lui pour lui confier ses sentiments. Entre eux, pas de masque, pas de faux semblants…

Elle l'embrassa sur les lèvres, puis sur le nez. Il avait un goût de sirop d'érable.

– Miam, petit déjeuner ! dit-elle en riant.

– Toi aussi, tu as bon goût, fit Thomas avec un grand sourire.

Il déposa une série de petits baisers de ses lèvres à son cou. Elle le repoussa ; il résista, passa une main derrière sa nuque et l'attira à lui.

– Ne crois pas que tu vas m'échapper aussi facilement, lui souffla-t-il à l'oreille. Maintenant que je te tiens, je ne te lâche plus.

Ariana était aux anges. Il l'aimait. C'était évident.

– Tu n'as pas intérêt.

Elle s'assit et tenta de prendre un air menaçant, mais l'expression amusée de Thomas la fit de nouveau éclater de rire.

– Ah ouais ? la défia-t-il en lui enlaçant la taille. Qu'est-ce que tu me ferais ?

– Crois-moi, il vaut mieux que tu l'ignores…

– Ooh ! J'ai peur de la grande méchante Ariana.

Il la serra contre lui. Ariana se rallongea en souriant et se laissa lentement gagner par le sommeil. Quelques minutes plus tard, une sirène l'arracha à une ébauche de rêve.

– C'est quoi ce délire ? cria Thomas.

– L'alarme à incendie ! devina Ariana, au bord de la crise cardiaque.

Thomas se leva en titubant, prit un sweat-shirt dans son sac à linge et l'enfila. Ariana retrouva son jean trempé sous le lit. Elle le passa en tremblant. Puis elle chaussa ses bottes, récupéra son manteau sur la chaise de Thomas et souffla les bougies.

– Qu'est-ce qu'on fait ?

Thomas lui prit la main et l'entraîna vers la porte.

– Viens !

– Non !

Elle résista.

– On ne peut pas sortir. Les gardes vont venir fouiller le dortoir d'une seconde à l'autre. On n'aura jamais le temps de s'éloigner dans la neige.

Ses tempes bourdonnaient ; elle n'arrivait pas à réfléchir à cause de cette fichue alarme qui lui vrillait le crâne.

– On n'a pas le choix ! hurla Thomas. Si on reste ici, ils nous coinceront de toute manière. Je ne peux pas me permettre de me faire renvoyer, Ariana ! Je ne peux pas !

Il avait les yeux hagards, la voix rauque.

– Je sais ! cria-t-elle.

Thomas avait raison. Ils ne pouvaient pas partir, mais ils ne pouvaient pas non plus rester.

Ils étaient piégés.

Chute libre

– On va sauter par la fenêtre.

– Tu es fou ? s'étrangla Ariana. On est au premier étage !

– Alors qu'est-ce qu'on fait ? On abandonne ? fit Thomas d'une voix pressante.

– Non.

Le verbe « abandonner » ne faisait pas partie du vocabulaire d'Ariana. Sa mère avait abandonné. Ariana avait beau l'aimer de tout son cœur, elle s'était promis de ne jamais devenir comme elle.

– Alors, aide-moi ! ordonna Thomas.

Il glissa les doigts dans les encoches, au bas de la fenêtre ; Ariana l'imita. Ils prirent leur élan et poussèrent de toutes leurs forces vers le haut. Le bois gauchi ne céda pas d'un millimètre.

– Merde !

Thomas fit volte-face et fixa la porte avec anxiété.

– Viens. On essaye encore !

Il reprit place aux côtés d'Ariana.

– OK. Une, deux, trois ! cria-t-il.

Ils tentèrent de nouveau d'ouvrir la fenêtre. Ariana retint son souffle et poussa à en faire craquer ses phalanges. Au moment où elle allait renoncer, la fenêtre coulissa. Une rafale de vent glacé s'engouffra dans la chambre.

– Allons-y ! fit Thomas.

Ariana se pencha par l'ouverture. La tempête s'était calmée ; il ne tombait plus que des flocons épars. L'arrière de Ketlar n'était qu'à quelques mètres de la lisière du bois ; ils pourraient s'y abriter en un clin d'œil. Mais le sol lui semblait loin, très loin. Elle recula et faillit renverser Thomas.

– Je ne peux pas, dit-elle, en secouant la tête. Il faut trouver un autre moyen de sortir.

– Il n'y a pas d'autre moyen, dit Thomas d'une voix sinistre.

Il lui prit le poignet et le serra si fort qu'elle grimaça.

– Viens ! La neige amortira la chute.

Il enjamba l'appui de fenêtre et se plia en deux pour passer par l'ouverture.

– J'y vais en premier.

– Attends !

Thomas avait déjà pris son élan et sauté. Ariana, horrifiée, s'avança vers la fenêtre, imaginant son corps inanimé dans la neige. Mais Thomas s'était reçu sur un tas de neige moelleuse. Il se portait comme un charme.

– Allez ! Je suis sûr que tu en es capable ! clama-t-il.

Prise de tremblements, Ariana s'assit sur le rebord de la fenêtre, les pieds rivés au sol. Elle leva un genou après l'autre, pivota et se glissa à son tour par l'ouverture. Elle s'adossa au panneau, les jambes contre la façade. Imaginer son corps en chute libre la terrifiait.

– Je ne peux pas.

– Je suis là, Ariana ! Viens, saute !

Elle ferma les yeux.

« Je ne peux pas le faire. Je ne peux pas. Je ne peux pas... »

– Il ne t'arrivera rien, je te le promets.

Le cœur d'Ariana fit un bond. Thomas la protégerait, bien sûr. Il l'aimait. Elle le regarda, prit une grande inspiration et s'élança. Une fraction de seconde plus tard, elle atterrit brutalement contre Thomas, qui s'effondra sous son poids.

– Ça va ? demanda-t-il, grimaçant de douleur.

Ariana s'écarta en titubant et s'agenouilla près de lui.

– Tu es blessé.

– Non, c'est bon, dit-il entre ses dents serrées.

La culpabilité s'immisça sous la peau d'Ariana encore plus rapidement que l'humidité.

– Non, ça ne va pas. Et c'est de ma faute.

Elle posa ses doigts engourdis sur la cheville de Thomas, qui se raidit.

– On va...

– Le plus urgent, c'est de décamper, la coupa-t-il.

Il scruta l'arrière du bâtiment et indiqua du menton un gros sapin, non loin de là.

– Par ici, dit-il avec brusquerie.

Ariana lui passa un bras sous l'aisselle et l'aida à se relever sans mot dire. Il appuya la tête contre la sienne, la mâchoire crispée. Son poids était effrayant. Si Thomas n'était pas capable de prendre soin de lui, comment allait-il s'occuper d'elle ?

Ils longèrent lentement le dortoir en direction de l'arbre, à une dizaine de mètres de Ketlar. Ariana aida Thomas à contourner le tronc massif et ils s'appuyèrent contre l'écorce, côté forêt.

Thomas ferma les yeux.

– La neige..., dit-il en serrant les poings. Il faut que tu recouvres nos empreintes, pour qu'on ne puisse pas nous suivre à la trace.

Son timbre alerta Ariana.

– Thomas, je suis vraiment...

– Ce n'est pas ta faute, protesta-t-il avec un faible sourire. J'ai été assez bête pour rester sous une fenêtre d'où une fille sautait. Je l'ai mérité.

Il se laissa glisser contre le tronc, en position assise.

– Maintenant, au boulot ! Avant qu'on se fasse pincer à cause de toi.

Ariana regagna à la hâte l'endroit de leur atterrissage, sous la fenêtre de Thomas. Elle s'accroupit et recula en canard jusqu'à l'arbre en balayant leurs empreintes de ses mains. Ce n'était pas parfait, mais il faudrait que ça fasse l'affaire.

– Que s'est-il passé ? chuchota-t-elle en rejoignant Thomas. Qui a déclenché l'alarme ? Qui aurait…

Thomas lui plaqua une main sur la bouche. Presque aussitôt, Ariana entendit un bruit de pas dans la neige et se figea.

– Holà ? fit une voix. Il y a quelqu'un ?

Les pas s'arrêtèrent devant la porte, tout près de leur cachette. La sueur dégoulinait des tempes d'Ariana. Elle jeta un coup d'œil derrière le tronc et reconnut le doyen Marcus à sa silhouette voûtée. Emmitouflé dans un grand manteau de laine gris, il portait une écharpe écossaise autour du cou et un chapeau tiré sur les oreilles. Marcus était le bras droit de Cox. Il tenait leur avenir entre ses mains.

« Tout contrevenant sera immédiatement renvoyé. Il n'y aura aucune exception. »

Ariana avait l'impression d'avoir entendu ce discours un siècle plus tôt. Cependant, la menace qu'il contenait n'avait rien perdu de son intensité. Si Marcus se retournait, il les verrait. Mais il était trop tard pour bouger. Ariana ferma les yeux, croisa les doigts et pria pour que l'homme ait la vue basse, eu égard à son grand âge.

Au moment où le doyen se retournait, les réverbères autour de Ketlar s'éteignirent avec un léger sifflement. Les ténèbres enveloppèrent tout.

Ariana serra le bras de Thomas.

– C'est juste une coupure d'électricité… à cause de la tempête, chuchota-t-il.

Il lui prit la main, glissa les doigts entre les siens et les serra si fort qu'elle faillit gémir de douleur.

– Au moins, maintenant, il ne peut plus nous voir, ajouta-t-il.

« Biip, biiiip, biiip. »

Ariana crut mourir d'une crise cardiaque ; elle emprisonna son téléphone dans ses doigts gourds.

– Qui est là ? demanda le doyen Marcus.

« S'il vous plaît, ne venez pas par ici. Ne venez pas par ici. S'il vous plaît. »

Le doyen se détourna de la porte d'entrée. Il leur faisait face. Ariana s'attendait à l'entendre prononcer leurs noms, leur annoncer leur renvoi.

Il se contenta de soupirer et se détourna, puis s'éloigna, laissant derrière lui un sillage de neige foulée.

– Ouf ! soupira Ariana, ivre de soulagement.

– Qui t'a envoyé un texto ? voulut savoir Thomas.
Elle ouvrit son téléphone.

Ariana, c'est inadmissible. Où es-tu passée ???
J'espère que tu es prête à implorer mon pardon.
Daniel.

Alors qu'elle tournait le téléphone pour montrer l'écran à Thomas, son estomac se révulsa. Elle lutta contre une violente nausée.

– Quel abruti ! commenta Thomas. Il n'est pas au courant de ce qui se passe ici ?

Ariana grogna :

– Tu ne comprends pas ? Il sait où je suis. Il sait ce qu'on a fait. Il me torture volontairement.

– Tu crois toujours qu'il est sur le campus.

Ce n'était pas une question. Ariana ne répondit pas.

– Tu es parano, Ariana.

Mais Thomas ne semblait plus aussi sûr de lui.

– Vraiment ? rétorqua-t-elle. Il n'a même pas répondu au message que je lui ai envoyé pour lui dire que j'étais en route.

Ariana avait les nerfs à fleur de peau. Elle se rappela soudain les paroles de sa mère, le jour de sa tentative de suicide : « On ne sait jamais de quoi les gens sont capables, tant qu'ils n'ont pas été poussés à bout. »

Thomas attira son genou intact contre son torse en grimaçant.

– Normal. C'est un imbécile égocentrique. Il aura décidé de l'ignorer, c'est tout.

Thomas frissonna. À la lueur de la lune, sa peau semblait terreuse. Ariana s'en voulut d'avoir évoqué Daniel, alors que Thomas souffrait.

– Laisse tomber…

Elle appliqua les mains contre l'écorce et poussa pour se relever. Elle était trempée des pieds à la tête. S'ils ne se trouvaient pas un endroit au chaud pour dormir, ils allaient mourir de froid.

– Il faut que tu prennes quelque chose pour ta cheville.

– J'ai des calmants dans mon bureau. Second tiroir.

Thomas ferma les yeux avant de poursuivre :

– Mais je ne veux pas que tu partes seule. On ira le récupérer plus tard. Viens, on bouge d'ici.

– Non, j'y vais !

Elle tenta de dissimuler sa terreur à l'idée de retourner seule dans la chambre de Thomas. Et si Daniel était là, en train de l'attendre ? Mais Thomas avait besoin d'elle. Elle fouilla dans la poche de sa veste pour chercher son briquet.

– Ariana, protesta-t-il faiblement.

– Ne bouge pas !

– Ha, ha. Très drôle !

En courant vers la porte, Ariana songea de nouveau à Daniel. Était-il sur le campus depuis le début ? Avait-il espionné tous ses faits et gestes ? L'avait-il vue avec un autre garçon que lui ? Si oui, sa vengeance risquait d'être terrible. « Car Daniel Ryan déteste perdre », se rappela-t-elle avec un frisson.

Verre brisé

Un froid glacial régnait dans la chambre de Thomas. Le vent s'engouffrait dans la pièce par la fenêtre restée ouverte et un petit tas de neige s'amoncelait déjà sur le sol. Ariana s'arrêta sur le seuil pour rassembler son courage. Il lui faudrait moins d'une minute pour trouver les cachets de Thomas ; ce n'était pas la mer à boire. Ensuite, elle pourrait retourner auprès de lui et soulager sa douleur. Alors, tout s'arrangerait.

Elle s'avança lentement vers le bureau en tenant le briquet à bout de bras. La flamme éclaira le pot de crayons, un stylo à l'extrémité mâchouillée, la bouteille de rhum vide.

Elle ouvrit le premier tiroir et passa son contenu en revue : des chewing-gums, de vieux magazines, des surligneurs et un article de *La Chronique* de l'académie d'Easton qui célébrait la victoire de l'équipe de foot dans un tournoi régional. Elle détailla la photo en noir et blanc de l'équipe. Thomas souriait, le ballon sous le bras. Ariana résista à l'envie de plier l'article pour le glisser dans sa poche. Elle aurait d'autres occasions de se procurer une photo de lui.

Elle claqua le tiroir du haut et tira le suivant. Il ne contenait que deux ramettes de papier.

L'extrémité du briquet commençait à chauffer. Ariana tenta de se mettre à la place de Thomas. Si, comme lui, elle était soupçonnée de dealer de la drogue, où cacherait-elle ses stocks ? Thomas lui avait affirmé que les cachets étaient dans le second tiroir. S'était-il trompé ?

Ariana sortit les ramettes et promena ses doigts au fond du tiroir. Le bois bascula légèrement. Lorsqu'elle accentua la pression dans le fond, l'avant se souleva, révélant un stock de flacons de gélules. Bingo ! Ainsi, ce filou de Thomas avait équipé un tiroir de son bureau d'un double fond...

Ariana examina les flacons. Il n'y avait pas deux noms identiques. Une véritable pharmacie de contrebande. L'ancienne Ariana aurait été scandalisée en découvrant cette preuve des activités illicites de Thomas. La nouvelle se contenta de glisser un flacon de Dicodin dans la poche de son manteau, avant de refermer le tiroir. Elle sursauta lorsqu'il claqua, puis rit toute seule. Thomas avait raison : elle était paranoïaque.

Alors qu'elle se relevait en s'aidant de sa main libre, quelque chose attira son regard sur le bureau. Une feuille qu'elle n'avait pas remarquée plus tôt. Une photo, en fait. Elle approcha la flamme de l'image et son sang se glaça.

« Non. »

Elle fixa le cliché en secouant la tête, atterrée. C'était une photo de Thomas et elle en train de s'embrasser dans la chambre de Daniel. Son visage à elle n'était pas visible, mais ses cheveux blonds trempés et son manteau blanc permettaient de l'identifier sans l'ombre d'un doute. Quelqu'un les avait vus ensemble et avait immortalisé la scène.

Un flot de bile remonta dans sa gorge et elle lâcha le briquet. Ce morceau de papier pouvait ruiner sa vie. Leur vie. Elle poussa un grognement désespéré et appuya le front contre le bureau. Elle avait besoin de Thomas, maintenant, plus que jamais. Besoin qu'il la serre dans ses bras, qu'il lui assure que tout allait s'arranger. Elle n'arrivait pas à croire que, quelques minutes plus tôt, ils étaient encore allongés l'un près de l'autre. Heureux. Paisibles.

Ariana se rappela alors comment sa mère avait baissé les bras, renoncé au bonheur, à son mari, à sa vie... En réaction, elle décida de s'accrocher coûte que coûte à ce bonheur tout neuf. Mais d'abord, elle devait retrouver le briquet.

Elle rangea la photo compromettante dans la poche de son pantalon, s'agenouilla et tâtonna sous le bureau. Elle referma bientôt la main sur le petit objet métallique.

Alors qu'elle se relevait, un souffle chaud glissa sur sa nuque. Une respiration. La peur hérissa les poils de ses bras et se diffusa dans ses veines. Il y avait quelqu'un derrière elle. Quelqu'un qui l'avait frôlée dans le noir.

Quelqu'un qui attendait qu'elle trouve la photo.

« Daniel ? »

« J'espère que tu es prête à implorer mon pardon. »

Soudain, elle se moqua éperdument de savoir qui était là. De tout manière, personne n'était censé se trouver dans cette chambre. Et l'intrus avait sans doute des intentions hostiles. Ariana s'empara de la bouteille sur le bureau et la cogna de toutes ses forces contre l'angle du meuble. Le fracas du verre brisé déchira les ténèbres ; elle fit volte-face en agitant le tesson devant elle.

Un cri de surprise – ou de douleur – fusa dans l'obscurité. Ariana n'aurait su dire si la voix appartenait à un garçon, une fille, ou à elle-même. Elle continua d'agiter frénétiquement la bouteille devant elle, tout en courant vers la fenêtre, et l'abandonna par terre une seconde avant de sauter.

Elle se reçut maladroitement dans la neige et se releva en grognant.

Le cœur battant la chamade, elle leva les yeux vers la fenêtre de Thomas. Les rideaux bougeaient dans le vent, mais il n'y avait personne là-haut. Plus maintenant. Elle resta un long moment sur place, enveloppée dans un tourbillon de neige. Jamais elle n'avait eu aussi peur.

Seule

– Ariana !

La voix de Thomas surgit des ténèbres, épuisée, effrayée. Ariana le rejoignit en courant. Il était toujours affaissé contre le tronc d'arbre, les yeux fermés. Ses joues étaient blêmes. Elle se laissa tomber dans la neige en haletant.

– Quelqu'un a… Il y avait…

L'air glacial lui brûlait les poumons. Elle enfouit son visage dans la veste de Thomas, s'enivrant de son odeur. Elle avait besoin qu'il la protège, qu'il la rassure, mais il était trop faible pour cela, et il avait aussi peur qu'elle.

Il lui caressa les cheveux.

– Te voilà enfin… Tu as trouvé ?

Elle s'écarta, s'essuya le visage avec sa manche.

– Il… il y avait quelqu'un là-haut avec moi, bégaya-t-elle. Dans ta chambre. Quelqu'un qui m'attendait.

– Quoi ?

Thomas parut choqué.

– Tu l'as vu ?

Elle secoua la tête.

– Il faisait noir, il était derrière moi, et je n'ai pas pu…

Sa voix se brisa. Elle ferma les yeux.

– Je suis désolée.

Elle décida de ne pas lui parler de la photo. Chaque chose en son temps.

– Ça va aller, répéta-t-il. On va se cacher à Gleck le temps de se réchauffer et de décider ce qu'on fait ensuite.

– On ne peut pas ! protesta-t-elle. Quelqu'un risquerait de nous voir.

Au moment où elle prononçait ces mots, elle comprit qu'il avait raison. Thomas était blessé ; il avait besoin de se mettre à l'abri. À moins de regagner l'appartement de Mme Lattimer à Billings – un trajet impossible pour Thomas dans son état –, ils n'avaient guère le choix. Gleck était le seul dortoir chauffé.

– On passera par la cave, décida Thomas. Mais avant, il faut que je prenne deux-trois cachets.

Ariana sortit le flacon de sa poche, le déboucha et fit rouler plusieurs pilules dans sa paume.

– Tiens.

Thomas lança les cachets dans sa bouche, renversa la tête et avala.

– Viens, on décolle !

Ariana l'aida à se relever et lui servit d'appui pour contourner Ketlar, en direction de Gleck. Ils progressaient avec une lenteur exaspérante ; le poids de Thomas semblait s'accentuer au fur et à mesure qu'ils avançaient. Ariana était à bout de forces et obsédée par Daniel. Jamais elle ne l'aurait cru capable d'agir ainsi. D'être aussi calculateur, aussi malveillant. Elle secoua la tête pour le chasser de ses pensées, en vain.

Gleck se dressa enfin devant eux, aussi sombre et sinistre que Ketlar. Visiblement, l'électricité n'était pas revenue sur le campus. Passé l'angle du bâtiment, Ariana s'arrêta et s'adossa contre le mur glacé. Pour trouver la volonté de faire un pas de plus, elle dut se rappeler que le dortoir était chauffé.

– Les fenêtres de la cave ne sont pas verrouillées, murmura Thomas. Je suis passé par là des dizaines de fois.

Ariana rassembla ses dernières forces pour supporter son poids sur les quelques mètres restants. Il avait forcé sur le Dicodin et risquait de tomber dans les vapes d'une seconde à l'autre.

– Reste encore un peu avec moi, l'implora-t-elle.

À l'arrière du bâtiment, quatre fenêtres disposées à intervalles réguliers donnaient sur le sous-sol. Ariana se traîna jusqu'à la première.

– Tu peux tenir debout tout seul pendant que j'ouvre ?

Thomas, les yeux mi-clos, souriait béatement.

– Thomas !

Il hocha la tête.

– Bon.

Elle s'accroupit devant la fenêtre et pressa les paumes contre la vitre.

– C'est tiède, annonça-t-elle, en l'essuyant avec sa manche pour jeter un coup d'œil à l'intérieur.

La cave était pleine de cartons empilés, de bidons de détergent et de matériel de jardinage. Une grande chaudière était située dans le fond, près de l'escalier menant au rez-de-chaussée.

Ariana empoigna la fenêtre et tira vers le haut. Elle coulissa sans difficulté ; une bouffée d'air chaud s'échappa du bâtiment.

– Je te l'avais dit, murmura Thomas, hilare. J'ai l'habitude d'entrer ici. Tu veux savoir pourquoi ?

– Non, pas vraiment.

L'ouverture était à presque deux mètres du sol. Si Thomas sautait, il risquait de se blesser de nouveau à la cheville. Mais il faudrait bien qu'il descende d'une manière ou d'une autre.

Ariana se glissa par l'ouverture, les genoux fléchis, et atterrit lourdement sur ses pieds. Une forte odeur de moisi la saisit à la gorge ; elle se plia en deux, prise d'une quinte de toux.

– On organisait des tournois de bière-pong dans cette cave, enchaîna Thomas depuis l'extérieur. Je venais ici avec une fille… Rébecca, je crois…

Il glissa les jambes par la fenêtre et sourit à Ariana depuis son perchoir.

– Oui, c'est ça. Rébecca, Lindsay, ou Paige…

Il marqua une pause.

– Ou Juliana ? Non, attends. On connaît une fille qui s'appelle Ariana ?

– Oui, soupira-t-elle. Tu crois que tu peux sauter ?

Elle recula.

– Paige, reprit Thomas d'une voix pâteuse. C'est vraiment une garce, celle-là, non ?

Ariana éclata de rire malgré elle.

– Allez, Thomas. Viens, avant d'être congelé.

– J'arrive.

Thomas se retourna sur le ventre et se laissa glisser. Il lâcha l'appui de la fenêtre à quelques centimètres du sol seulement.

– C'était comment ?

– Parfait ! dit Ariana, confuse.

Même blessé et complètement stone, Thomas était plus agile qu'elle. Elle lui offrit le soutien de son épaule et le guida dans le dédale de cartons. En apercevant l'escalier dans l'angle de la pièce, elle eut un pincement de regret :

elle aurait donné cher pour pouvoir monter ces marches et aller se coucher dans un lit douillet.

Elle entraîna Thomas dans le recoin sous l'escalier, le fit asseoir contre le mur et le regarda. Il avait les joues tachées de sang. Comment s'était-il barbouillé ainsi ? Elle examina son corps et son visage, à la recherche de coupures. Il n'en avait aucune. Elle renonça et se prit le visage entre les mains. Ses doigts étaient poisseux.

– Oh mon Dieu !

Le sang venait d'elle. Elle en avait plein les mains, plein les cheveux. Elle ôta son manteau et chercha en vain une plaie sur son corps. Comment était-ce possible ? À moins que…

« À moins que le sang ne soit pas le mien ! »

Ariana regarda son manteau, affolée. Il y avait une tache sombre sur le pan gauche, à l'endroit du cœur.

Horrifiée, elle repoussa le vêtement dans l'angle du mur. Ainsi, il y avait bien quelqu'un avec elle dans la chambre de Thomas. Une personne qu'elle avait blessée. Mais qui ? À qui était ce sang dont elle était couverte ? À Daniel ?

Thomas prononça des mots inintelligibles. Ariana attira sa tête sur ses genoux, puis lui caressa le dos.

– Là, voilà…, dit-elle d'une voix douce, comme on parle à un enfant.

Du bout des doigts, elle essuya le sang qui lui maculait le visage. Elle ne le reconnaissait pas. Thomas était fort, drôle, sûr de lui. Le mec qu'elle serrait dans ses bras était blessé et transi de peur.

– Tu es belle, tu sais ? articula-t-il d'une voix pâteuse. Je ne mérite pas une fille comme toi.

Il entrouvrit la bouche, et sa tête roula sur le côté.

– Thomas ?

Il ne répondit pas. Elle glissa une main dans la sienne et regarda sa poitrine se soulever à intervalles réguliers, observa ses minuscules tressaillements. Elle se défendit de penser qu'elle était seule, que Thomas était incapable de l'aider, de la protéger. Mais la protéger de qui ?

Elle aurait voulu se convaincre que ce n'était pas Daniel qui les espionnait. Qu'il était incapable de lui faire une chose pareille. Il pouvait être violent, c'est vrai. Mais après tout ce qu'ils avaient partagé depuis un an, pouvait-il la détester au point de vouloir la blesser physiquement ?

Elle réalisa avec effroi qu'elle n'en avait aucune idée. Jusqu'à cet après-midi, elle croyait tout connaître de lui : ses qualités comme ses défauts. Mais il lui avait menti sur sa virginité, un sujet capital. Quels autres secrets dissimulait-il ? De quelle trahison était-il encore capable ?

Elle n'avait qu'un moyen de vérifier s'il était vraiment dans le Vermont : téléphoner à l'accueil de la résidence et demander à lui parler. S'il répondait, ce serait la preuve qu'il était bien là-bas.

Ariana sortit son téléphone et l'ouvrit. Il afficha pendant quelques secondes l'icône de batterie faible, puis s'éteignit.

– Non ! pesta-t-elle.

Elle tâta les poches de Thomas à la recherche de son portable. Elles étaient vides.

Ariana serra les poings et sentit le sang séché craqueler sur ses paumes. Qu'avait-elle fait pour mériter cela ? Rien que Daniel ne lui ait fait lui-même. Le dégoût la submergea lorsqu'elle repensa à ses mensonges. À ses promesses.

Thomas était différent. Il se moquait de savoir si sa mère était folle, si son père avait dû se sauver sur un autre continent pour échapper à son délire. Il ne l'assimilait pas à sa famille. Elle était Ariana, tout simplement. Et il tenait à elle. Pour la première fois de sa vie, ce sentiment l'emporta sur tout le reste. Sur son attachement à Billings. Et même sur son amour pour sa mère.

Le sommeil donnait à Thomas un air innocent qui la fit fondre. Et soudain, la colère s'empara d'elle. Elle avait envie de hurler, de frapper le mur. De faire souffrir son corps comme souffrait son esprit. Ce qui lui arrivait était tellement injuste ! Jamais elle n'avait ressenti ce qu'elle éprouvait pour Thomas, et quelqu'un voulait lui confisquer ce bonheur. Ses doigts et ses orteils la picotèrent, signe que son corps commençait à se réchauffer. Elle cligna des paupières et ses larmes coulèrent enfin. Elles glissèrent sur ses joues sèches tandis qu'elle serrait contre elle le corps toujours inerte de Thomas.

Chaque craquement de la vieille bâtisse, le moindre son filtrant par les bouches d'aération la faisait tressaillir. Les joues toujours trempées de larmes, Ariana ferma les yeux et tenta de refouler le sentiment atrocement familier qui s'insinuait en elle.

Elle était seule. Irrémédiablement seule.

Vidéo amateur

Ariana vit la lumière à travers ses paupières avant même d'ouvrir les yeux. Le faisceau d'une lampe torche balayait la cave, éclairant les empilements de cartons moisis et la vieille table couverte d'outils et de sacs d'engrais poussiéreux. La gorge serrée, elle guetta les pas qui descendaient l'escalier, juste au-dessus d'elle.

Quelqu'un venait dans la cave.

Les jambes de Thomas dépassaient de leur cachette. Il lui fallait les déplacer de toute urgence. Avec mille précautions, elle souleva sa tête et la posa sur le sol en ciment. Puis elle glissa les avant-bras sous ses genoux et tenta de les soulever. Ses membres inertes étaient trop lourds. Ils ne bougèrent pas d'un centimètre.

Les pas se rapprochaient. Ariana s'arc-bouta. Les forces décuplées par l'angoisse, elle parvint enfin à relever les jambes de Thomas pour les mettre à l'abri des regards.

Il grogna dans son sommeil ; les pas s'arrêtèrent. Ariana lui plaqua une main sur la bouche. Les pas reprirent, hésitants.

– Merde ! fit soudain une voix masculine, à l'aplomb de leur cachette.

La dernière marche craqua sous le poids de l'homme, qui perdit l'équilibre. La lampe alla rouler sous la table de jardin. Le faisceau troua l'obscurité, parallèle à l'escalier, et forma une tache lumineuse à quelques centimètres du pied de Thomas.

Ariana retint sa respiration.

Une silhouette s'avança et se pencha pour ramasser la lampe. Ariana jeta un coup d'œil dans la fente entre la chaudière et l'escalier. Malgré la pénombre, elle parvint à identifier la silhouette familière accroupie sous la table.

M. Holmes.

Que faisait son prof de littérature dans la cave de Gleck ?

Son cerveau moulina à toute vitesse. Peu lui importait de savoir pourquoi M. Holmes était ici. L'essentiel était qu'il ne la voie pas. De tous les professeurs d'Easton, c'était celui qu'elle admirait le plus. Il était intelligent, drôle et gentil. Et il avait de l'estime pour elle.

Ariana pressentait qu'il changerait radicalement d'avis s'il la surprenait sur le campus, couverte de sang, en train d'étreindre le corps inanimé d'un dealer de drogue. Elle se mordit la lèvre. Comment avait-elle atterri ici ? Qu'est-ce qui clochait chez elle ? Elle était une fille Billings, elle appartenait à l'élite d'Easton ; elle n'était pas censée passer ses vacances de Noël terrée dans un sous-sol comme une fugitive.

Le professeur s'éloigna vers le fond de la cave. Il promena la lampe sur les empilements de cartons, de chaises et de tables. Puis il fit volte-face et braqua le faisceau sur l'escalier. Ariana ramena précipitamment les genoux contre sa poitrine.

L'avait-il vue ? Entendue ? Si oui, c'était la fin. M. Holmes serait obligé de les dénoncer. Les secondes passèrent, interminables. Ariana tremblait de tout son corps. La relation privilégiée qu'elle entretenait avec son professeur volerait en éclats quand il découvrirait qu'elle avait enfreint le règlement. Elle ferma les yeux et attendit que le ciel lui tombe sur la tête.

– Tu es là ? appela M. Holmes.

Le cœur d'Ariana s'arrêta. Puis une voix s'éleva en haut des marches. M. Holmes éclaira l'escalier.

– Ici.

Ariana se détendit. Elle n'était pas repérée. Du moins, pas encore.

– Bien, fit M. Holmes d'une voix rauque, étranglée.

– Vous vouliez me voir, monsieur ?

Ariana reconnut immédiatement ce ton doucereux, ces intonations vaguement condescendantes. Elle les entendait chaque jour dans les couloirs de Billings.

Isobel Bautista.

Elle se mit à genoux et se pencha pour jeter un coup d'œil à l'extérieur de sa cachette. C'était risqué, mais sa curiosité l'emportait sur la prudence.

– Absolument, fit M. Holmes.

Il s'appuya contre la table de jardin et desserra sa cravate.

– Je n'ai pas trouvé votre devoir sur *Madame Bovary* dans ma boîte aux lettres. Auriez-vous l'obligeance de m'expliquer pourquoi, mademoiselle Bautista ?

– Une simple étourderie, répondit-elle d'un ton taquin.

Elle entra dans le champ visuel d'Ariana. Ses cheveux bruns étaient détachés dans son dos. Elle effleura du bout des doigts les bras du professeur, puis son torse, avant d'approcher la bouche de son oreille.

– Mais j'ai prévu de me racheter...

Elle lui ôta sa cravate, déboutonna sa chemise et détacha sa boucle de ceinture d'une main experte, tandis qu'il passait les doigts dans ses cheveux. Puis elle s'assit sur la table et l'attira à elle. La respiration de M. Holmes s'accéléra lorsque Isobel lui retira sa chemise et la jeta par terre.

Ariana, écœurée, ferma les yeux. Elle se recroquevilla sous l'escalier près de Thomas. C'était impossible !

M. Holmes ne pouvait pas avoir une liaison avec une élève ! C'était un type honnête.

Et Isobel ? Elle sortait avec le même garçon, Jack, depuis la troisième. Et, preuve du sérieux de leur relation, Ariana l'avait un jour surprise en train de griffonner « Mme Jack Stratton » au dos de son numéro de printemps de *Vogue* – son bien le plus précieux.

Et pourtant ils étaient bien là, tous les deux : l'élève et le professeur, en train de s'ébattre dans la cave de Gleck !

Ariana se mit à trembler. Plus encore que cette liaison, avec ce qu'elle impliquait de transgression, de mensonges et d'infractions à la loi, c'était sa propre naïveté qui la révoltait. Comment avait-elle pu prendre ces deux-là pour des gens bien ? Elle s'était trompée sur leur compte, comme avec Daniel. Elle était pourtant à Easton depuis assez longtemps pour savoir qu'on ne peut se fier aux apparences.

Du coin de l'œil, elle aperçut la chemise de M. Holmes au pied de l'escalier, presque à portée de son pied. Un téléphone dépassait de la poche. Ariana jeta un coup d'œil à son propre portable qui traînait près d'elle, HS.

Elle devait toujours appeler Daniel pour vérifier qu'il était bien dans le Vermont. Et clairement, M. Holmes n'avait pas prévu d'utiliser son portable dans l'immédiat.

Avec mille précautions, elle sortit un pied de sous l'escalier, sans cesser de surveiller le couple. Elle attira la chemise à elle, centimètre par centimètre, jusqu'à ce qu'elle puisse tendre la main et récupérer le téléphone.

Elle ouvrit le clapet et mit une main devant l'écran pour bloquer la lumière. Et soudain, elle se remémora les paroles du professeur, quelques jours plus tôt. « Ne méritons-nous pas tous d'être heureux ? Ou, du moins, de rechercher ce qui pourrait nous rendre heureux ? N'est-ce pas un droit humain fondamental ? »

Ces phrases prenaient soudain un tout autre sens. Elle avait cru que M. Holmes provoquait ses élèves pour les inciter à prolonger leur réflexion. En fait, il se contentait de justifier sa liaison avec une mineure ! Et Ariana avait été assez stupide pour l'écouter. Elle secoua la tête, maudissant son manque de jugeote.

Son doigt effleura un bouton sur le côté du téléphone. Une image de M. Holmes et Isobel, collés l'un contre l'autre, s'afficha à l'écran. La lampe de poche, par terre, diffusait juste assez de lumière pour qu'on reconnaisse leurs visages.

Un point rouge minuscule scintillait en haut de l'écran, près des lettres REC. Le téléphone enregistrait une vidéo. Le cœur d'Ariana se mit à tambouriner. Que faisait-elle ?

Il lui aurait suffi d'appuyer une nouvelle fois sur le bouton pour arrêter l'enregistrement, mais quelque chose l'en empêchait. Elle se sentait trahie, déçue, et elle voulait garder une trace de ce moment odieux, telle une piqûre de rappel.

Hypnotisée, elle fixa l'image sans ciller jusqu'à ce qu'elle devienne floue.

Losanges

Le soleil se levait lorsque Ariana regagna Gleck en catimini. Elle n'avait pas fermé l'œil de la nuit. Une main posée sur la poitrine de Thomas pour vérifier que son souffle restait régulier, elle avait fixé les ténèbres des heures durant, sans bouger. Aux premières lueurs du jour, elle s'était faufilée dehors par une fenêtre de la cave, pour aller chercher du ravitaillement à Billings. Elle serrait contre elle les seules victuailles qu'elle avait dénichées dans la penderie de Noëlle : une bouteille d'eau pétillante, deux Mars et un renne en chocolat blanc que Dash avait déposé sur l'oreiller de son amie avant les vacances.

Ariana grelotta. Elle n'avait pu se résoudre à remettre le manteau taché de sang roulé en boule sous l'escalier de la cave depuis la veille au soir. À Billings, elle avait récupéré sa veste en cuir camel ; elle était chaude, mais pas assez pour la protéger d'un froid aussi pénétrant.

Alors qu'elle contournait Gleck, elle crut entendre un bruit. D'autre pas, calqués sur les siens, faisaient craquer la neige. Elle se plaqua contre le mur, retint sa respiration et attendit.

Le silence était assourdissant.

«Tu te fais un film, Ariana. Personne ne traîne dehors au lever du jour pendant les vacances. Tu es seule.»

Elle reprit son chemin au pas de course, sans pouvoir se résoudre à regarder du côté de Ketlar. La seule pensée du dortoir désert lui donnait la chair de poule. Elle se revoyait dans la chambre de Thomas, seule et transie de peur, fixant cette ignoble photographie, juste avant de sentir un souffle dans son cou. Celui ou celle qui était entré dans la chambre lui voulait du mal. Et penser que ce pouvait être Daniel la glaçait d'effroi.

Le portable de M. Holmes faisait saillie dans sa poche. Elle avait envisagé d'appeler le chalet du Vermont depuis sa chambre à Billings, mais elle voulait rentrer à Gleck avant que Thomas se réveille. Sans compter qu'elle appréhendait de passer ce coup de fil. Mais elle n'avait pas le choix. Il fallait qu'elle en ait le cœur net. Elle se promit de téléphoner dès qu'elle serait de retour à Gleck.

Le soleil montait dans le ciel et une lumière rose teintait les bâtiments et les arbres enneigés. Ariana adorait admirer le campus au petit matin. Souvent réveillée par ses cauchemars avant Noëlle, elle s'installait à son bureau et regardait par la fenêtre.

Mais aujourd'hui, les immenses bâtiments gothiques lui semblaient lourds de menace.

Ariana s'arrêta brusquement devant la première fenêtre de la cave. Elle avait perçu un mouvement. Elle leva la tête. Une ombre se déplaçait derrière une baie vitrée, au troisième étage.

Affolée, elle plaqua le dos au mur et consulta sa montre. Huit heures et quart du matin. Certains étaient déjà levés, il ne fallait pas traîner... Elle prit son courage à deux mains et s'éloigna du mur pour regarder la fenêtre.

La silhouette tournait le dos à la vitre. Ariana reconnut les cheveux bruns et le pull à losanges de Sergueï. Soulagée, elle s'accroupit et ouvrit la fenêtre de la cave. Elle se glissa par l'ouverture et posa le pied sur le bureau qu'elle avait placé dessous le matin. De là, elle sauta à terre. En rejoignant Thomas, elle se reprocha d'avoir laissé sa curiosité l'emporter sur son bon sens. Sergueï l'avait peut-être vue. Ou un autre élève resté sur le campus pour les vacances. Elle aurait dû être plus prudente.

En attendant, l'urgence était de savoir où était Daniel. Elle sortit le téléphone de M. Holmes et composa le numéro d'une main tremblante. Une jeune femme décrocha à la première sonnerie.

– Bonjour ! Résidence de Winter Lodge, Alexandra à l'appareil.

Ariana se racla la gorge.

– Bonjour. J'essaye d'entrer en contact avec l'un de vos résidents, souffla-t-elle dans l'appareil. Il s'agit de Daniel Ryan.

Elle promena un regard autour d'elle. Thomas était toujours allongé sur le sol poussiéreux, la tête sur son manteau.

– Un instant, mademoiselle. Je vous passe sa chambre.

– Merci ! croassa Ariana.

Elle dut se faire violence pour ne pas raccrocher. Si Daniel répondait, cela signifierait qu'il ignorait tout de sa trahison. Mais il serait quand même contrarié et exigerait des explications. Que lui dirait-elle ?

– Allô ? fit une voix groggy au bout du fil.

Ariana serra le téléphone dans son poing. C'était Daniel. Il était bien dans le Vermont.

– Allô ? répéta-t-il, plus fort.

Sa voix était familière, presque rassurante. Ariana eut un pincement au cœur. Du regret ? Des remords ? Mais soudain, la liste découverte dans son ordinateur lui revint en mémoire. Tous ces noms, et le sien, à la fin. Elle n'était rien pour lui. Juste la fille avec qui il avait prévu de coucher pendant les vacances de Noël.

Elle referma brusquement le téléphone et le jeta sur la table. Son soulagement n'était pas complet. Certes, ce n'était pas Daniel qui les espionnait. C'était déjà ça. Mais du coup, elle se retrouvait à la case départ. La personne qui avait pris cette photo compromettante avait le pouvoir de ruiner sa vie, et elle ignorait son identité.

En proie à une soudaine décharge d'adrénaline, Ariana récupéra la bouteille d'eau et les friandises sur la table et alla rejoindre Thomas sous l'escalier.

– Thomas, chuchota-t-elle. Réveille-toi !

Elle posa les mains sur sa poitrine. Il ne réagit pas. Elle fit une nouvelle tentative, plus énergique.

– C'est quoi ces conneries ? brailla Thomas en s'asseyant tout droit.

Quand il vit Ariana, il prit sa tête entre ses mains et se laissa retomber en arrière en grimaçant de douleur.

– Pour les réveils en douceur, tu as des progrès à faire...

– Comment tu te sens ?

– Comme si on m'avait frappé avec une batte de base-ball.

Il posa un pied sur le sol pour tester la résistance de sa cheville et grimaça.

– Désolée, mais j'ai besoin que tu te concentres, dit Ariana. J'ai un truc à te montrer.

Elle sortit la photo de sa poche. Il fallait que Thomas la voie ; qu'il sache ce qu'ils risquaient.

– Qu'est-ce que c'est ?

Il s'adossa péniblement contre le mur, prit la bouteille d'eau gazeuse et en vida la moitié d'une traite.

Ariana posa la photo par terre devant lui.

– J'ai trouvé ça dans ta chambre, dit-elle, en ouvrant le téléphone de M. Holmes pour éclairer le cliché. Sur ton bureau.

Thomas se pencha sur le bout de papier chiffonné. La surprise figea ses traits.

– Quelqu'un nous épie, reprit Ariana d'une voix tremblante. Et ce n'est pas Daniel. Je viens d'appeler le chalet. Il est là-bas. Tu avais raison.

– Pourquoi ? demanda Thomas en fronçant les sourcils. Qui pourrait...

– Aucune idée, le coupa-t-elle.

Elle examina la photo. Thomas et elle étaient assis sur le bureau de Daniel, au milieu des cahiers et des vêtements sales. Thomas regardait en direction de l'objectif. Pas elle. L'ordinateur de Daniel était ouvert, face à la porte. Repenser au document qu'ils avaient découvert la fit une nouvelle fois grimacer de dégoût.

– C'est quoi, ça ?

Thomas prit la photo pour l'approcher de ses yeux.

– Quoi ? demanda Ariana.

Il haussa les épaules.

– Non, rien... J'ai cru voir quelque chose.

Il lâcha la photo. Ariana la récupéra avant qu'elle ne touche le sol.

– Fais voir.

Ce cliché était le seul moyen d'identifier celui ou celle qui les espionnait. Le moindre indice était précieux.

Thomas roula les yeux et montra la photo du doigt.

– Cette tache noire, dans l'angle du miroir. Au début, j'ai cru que c'était le photographe. Mais c'est juste l'encre de l'imprimante qui a bavé.

Il débarrassa le renne en chocolat de son papier d'aluminium.

Je commence à regretter de ne pas être rentré à la maison pour Noël…, marmonna-t-il en touchant sa cheville. J'ai sûrement une entorse.

Ariana étudia la photo, décidant d'ignorer la blessure d'amour propre que Thomas venait de lui infliger. Il ne pensait sans doute pas à elle en disant cela.

– Ce n'est rien, répéta-t-il, en mordant dans le renne en chocolat. Tu perds ton temps.

Ariana fit la sourde oreille. Elle approcha la photo de la fenêtre. La « tache » dont parlait Thomas devint plus distincte. Elle écarquilla les yeux en reconnaissant le pull à losanges qu'elle avait aperçu quelques secondes plus tôt à une fenêtre du troisième étage.

– Oh, mon Dieu !

Elle plaqua une main devant sa bouche. Elle aurait dû s'en douter ! Comment avait-elle pu être aussi bête ?

Thomas se redressa.

– Quoi ?

– C'est Sergueï Tretyakov, lâcha-t-elle d'une voix tremblante.

– Le Russe ? fit Thomas, incrédule.

– Il est Letton.

– Sérieux ? Tu veux te disputer pour ça ?

Pour la première fois depuis qu'ils avaient quitté Ketlar, Ariana vit les yeux de Thomas pétiller.

– C'est son pull, dans le miroir.

Elle revint s'asseoir par terre près de lui.

– Tu avais raison. En prenant la photo depuis le seuil, il s'est photographié dans le miroir sans le faire exprès.

Thomas parut sceptique.

– Tu es sûre ? Pourquoi ce mec…

– Il s'est toujours comporté bizarrement avec moi, dit Ariana.

Elle était soulagée. Maintenant qu'elle connaissait l'auteur de la photo, elle pouvait agir.

– Rappelle-toi le soir du bal au Driscoll. Sergueï m'a tellement mitraillée que Daniel lui a confisqué son appareil !

Sa voix vibrait d'excitation. Tout s'expliquait enfin.

– Ce mec est totalement obsédé. Il a dû entrer dans ma chambre et voler une photo de moi. Puis il s'est aperçu que j'étais toujours sur le campus, et il a commencé à me suivre partout, jusqu'au moment où il a laissé cette photo de nous dans ta chambre. C'est son sang sur mon manteau.

– Attends, l'interrompit Thomas. Comment a-t-il découvert que tu étais toujours à Easton ?

– Je n'en sais rien. Il a pu nous repérer l'autre soir à Hell Hall. Il était peut-être venu déposer un boulot, comme moi. Et – mais oui ! Il était dans la boutique North Face en même temps que nous. Le bonnet près de la chapelle, c'était sûrement le sien !

Thomas hocha la tête, perplexe.

– Ce mec n'est pas net. Mais pourquoi nous a-t-il laissé cette photo ? Il est trop froussard pour nous faire du chantage.

– Il n'y a qu'un moyen de le savoir, dit-elle. Il faut aller dans sa chambre.

– Ah, non ! grogna Thomas. Je ne bouge pas d'ici.

Il se rencogna dans l'angle du mur.

Ariana secoua la tête.

– Je ne peux pas le faire seule, Thomas. Et Sergueï loge à Gleck. On n'a même pas besoin de sortir.

Le soulagement lui donnait le vertige. Sergueï était bizarre, mais il n'était pas intimidant. Ils pourraient régler ça à l'amiable. Elle consulta sa montre. C'était bientôt l'heure du petit déjeuner.

– On n'a qu'à attendre que tout le monde soit à la cafétéria pour monter dans sa chambre.

– Est-ce que j'ai le choix ?

Thomas lui tendit la bouteille d'eau et déchira l'emballage d'une barre chocolatée.

– Non, répondit-elle joyeusement.

Elle porta la bouteille à ses lèvres et laissa l'eau fraîche couler dans sa gorge. Dans moins d'une heure, ils auraient leurs réponses.

Perquisition

– Tu peux marcher ? demanda Ariana à Thomas lorsqu'ils s'engagèrent dans l'escalier de la cave.

– Ouais, c'est supportable, fit-il avec une grimace.

Il prit le visage d'Ariana entre ses mains, l'air soudain très sérieux.

– Agent Osgood, votre mission est la suivante : entrer par effraction dans la chambre du Russe et trouver la photo cachée. Des questions ?

– Thomas ! gloussa-t-elle, ce n'est pas drôle. Viens, on y va.

– Pour vous, je suis l'agent Pearson, enchaîna-t-il, les yeux pétillants. Et je sais que c'est sérieux. Entrer dans la chambre du Russe est une mission dangereuse. Il y aura un pantalon en velours côtelé… Il y aura un échiquier…

– Il est letton, répéta Ariana en roulant les yeux.

– Et surtout, agent Osgood, surtout, il y aura…

Thomas fit une pause théâtrale.

– Un pull à losanges !

– Je crois que vous êtes encore un peu drogué, agent Pearson, répliqua Ariana en riant.

– Ça, ce n'est pas un problème, se défendit Thomas, qui continuait de monter les marches en boitant.

Ariana se tut et s'appuya contre la porte. Après ce qu'ils avaient traversé ces deux derniers jours, plaisanter avec Thomas était réconfortant. Elle jeta un coup d'œil par la fenêtre et songea que le campus était splendide sous la neige. Les arbres, les vieux bâtiments de pierre, les réverbères... Tout était d'un blanc immaculé étincelant au soleil.

– Tu es prêt ? demanda-t-elle à Thomas, une main sur la poignée.

– Ouais.

Ensemble, ils se faufilèrent dans le hall de Gleck. Ariana posa un index sur ses lèvres, intimant le silence à son complice, qui hocha exagérément la tête. Elle étouffa un nouveau gloussement, tandis qu'il consultait le tableau pour trouver le numéro de la chambre de Sergueï.

– Il est au troisième, dit Thomas en clopinant vers l'ascenseur.

Un instant plus tard, ils s'arrêtaient devant une porte couverte de photographies. Du campus, des bâtiments, des professeurs et des élèves. Ariana aperçut un cliché de Noëlle, adressant un doigt d'honneur au photographe, le soir du bal au Driscoll. Un autre de Dash et Thomas, en train de se faire des passes dans la cour carrée. Une photo de l'assemblée des élèves, prise depuis le fond de la chapelle d'Easton. La lumière rouge et bleue qui filtrait des vitraux baignait les visages. C'était une image superbe. Toutes l'étaient d'ailleurs, à leur manière. Sergueï avait réussi à capturer quelque chose d'Easton qu'Ariana ne parvenait pas à nommer. Quelque chose qui allait à l'essentiel, au-delà des apparences.

– Tiens, tu es là, fit Thomas en montrant une photo du doigt.

Ariana se vit appuyée contre une colonne de marbre, au Driscoll, les yeux rivés au plafond. La lumière du chandelier de cristal éclairait son visage et ses cheveux. Cette photo avait quelque chose de fascinant. Peut-être à cause de l'air confiant du modèle. Comme si cette fille, une étrangère pour Ariana, était convaincue que l'avenir lui sourirait toujours. Elle en éprouva un pincement de colère.

– Ariana ?

Elle tressaillit lorsque Thomas lui posa une main sur l'épaule.

– Quoi ? fit-elle sèchement.

Sa voix était coupante comme une lame de rasoir. Thomas parut surpris.

– Rien. Je croyais juste que tu étais pressée de régler cette histoire.

Ariana évita son regard.

– Tu as raison. Allons-y.

Elle poussa la porte de Sergueï et actionna l'interrupteur. Le plafonnier s'alluma.

– L'électricité est revenue, commenta-t-elle.

La chambre de Sergueï était vaste et parfaitement rangée. Ses livres et ses cahiers étaient empilés méthodiquement sur son bureau, et son lit fait avec soin. À se demander s'il avait dormi dedans... L'absence de désordre rassura Ariana. Cette chambre ressemblait beaucoup à la sienne.

Le double portrait d'un couple âgé était accroché au-dessus de la commode. Et sur la table de nuit, près d'un minuscule réveil de voyage, était posée une autre photo encadrée. Une photographie en noir et blanc d'Ariana, soufflant un baiser à l'appareil.

– Ça alors !

Ariana se laissa tomber sur le lit de Sergueï, sidérée. Un instant plus tôt, au fond d'elle-même, elle refusait encore de croire le jeune Letton capable d'une chose pareille. Il était si calme, si réservé... Preuve que les apparences sont trompeuses... Pour la première fois depuis qu'elle avait reconnu le pull à losanges sur la photo, elle eut peur.

Thomas s'assit à côté d'elle en brandissant le Nikon de Sergueï.

– Et moi, j'ai l'appareil photo ! Ton mec a dû le lui rendre avant de partir. Il ne lui a même pas effacé ses images.

Il présenta l'écran à Ariana et fit défiler les photos enregistrées dans la carte mémoire : d'innombrables instantanés d'Ariana, devant une salle de cours, des cahiers dans les bras. Riant avec Noëlle à la cafétéria. Seule sur un banc, plongée dans un livre… Une série de portraits, le soir du bal. Ariana embrassant Daniel dans le cou. Buvant une gorgée de champagne. Entortillant une mèche de cheveux autour de son index.

Ariana s'appuya contre Thomas ; la tête lui tournait.

– Je n'aurais jamais cru qu'il était aussi…

Elle ne termina pas sa phrase. Il y avait des centaines de photos d'elle dans l'appareil photo de Sergueï. En les voyant défiler, elle avait l'impression de regarder un diaporama de sa vie ces quatre derniers mois. Tout ce qu'elle avait fait, tous les endroits où elle était allée… Il ne manquait rien.

– Non ! souffla-t-elle.

Thomas venait d'afficher une photo prise au moment où ils entraient dans la vieille chapelle, dans les bois. Sur la suivante, on voyait Élie partir vers la ville. Il avait dû sauter dans le dernier train pour Greenwich, ce soir-là. Futé, le garçon.

– J'avais raison. Il nous suit depuis le début, dit-elle, en rendant l'appareil photo à Thomas. Mais qu'est-ce qu'il a, ce mec ?

Elle se leva et prit la photo encadrée, la gorge serrée. Si Sergueï avait été capable de l'épier ainsi, que pouvait-il lui faire d'autre ?

– Thomas… Tu crois qu'il a prévu de nous faire du chantage ? demanda-t-elle d'une voix tremblante. Il a les moyens de nous faire renvoyer.

– Ariana, ça va aller…

L'appareil photo émit un bip sonore.

– Je viens de supprimer tous les fichiers.

– Il les a peut-être sauvegardés dans son ordinateur, objecta-t-elle. Ou pire, sur un compte Internet. Rien ne nous garantit que…

Thomas reposa l'appareil et mit les mains sur ses épaules.

– Calme-toi. On va s'en occuper.

Ariana fixait Thomas dans les yeux, mais elle l'entendait à peine, comme si elle nageait sous l'eau. Si elle était renvoyée, sa vie serait fichue. Elle ne serait jamais diplômée d'Easton, elle n'irait jamais à Princeton. Elle ne mènerait pas la vie dont sa mère rêvait pour elle.

Et pire : elle ne reverrait jamais Thomas. Non, c'était impossible ! Pour la première fois de sa vie, elle avait l'impression d'être vraiment elle-même. Elle ne pouvait pas revenir en arrière, recommencer à faire semblant. Plutôt mourir !

Thomas avait raison. Ils devaient s'en occuper. Maintenant.

Forte de cette résolution, Ariana pivota vers la porte. Elle se pétrifia en découvrant Sergueï sur le seuil, qui la fixait d'un regard froid.

Libre

– Espèce de salaud ! siffla Thomas.

Il déplaça son poids sur sa cheville blessée et grimaça.

Quelque chose dans les yeux de Sergueï troubla Ariana. Elle venait de reconnaître cette expression qui s'était installée dans le regard de sa mère des années plus tôt, pour ne plus jamais disparaître. Le désespoir.

Il regarda Thomas, Ariana, la photo qu'elle tenait dans les mains, l'appareil sur le bureau, et ainsi de suite. Le désespoir se changea en peur. Il pivota sur ses talons et détala.

– Sergueï ! Attends ! cria Ariana.

Elle lâcha son portrait sur le lit et fonça vers la porte, puis courut dans le couloir.

– Attends. On veut juste te parler !

L'espace qui les séparait grandissait à vue d'œil. Ariana n'avait jamais été très sportive, mais elle ne pouvait pas le laisser filer.

– Il est rapide, l'animal ! haleta Thomas derrière elle.

Ariana ne prit pas le temps de répondre. Arrivée en haut de l'escalier, elle dévala les marches trois par trois et arriva devant la porte à l'instant où Sergueï la claquait. Elle abattit son poing contre le battant.

– Et merde !

Elle se plia en deux pour reprendre son souffle.

– Ça va ?

Thomas descendait lentement l'escalier, à l'étage supérieur. Elle eut un bref pincement de culpabilité. Elle n'aurait jamais dû le laisser seul, dans son état.

– Il a filé, dit-elle, dépitée.

– Vas-y ! Je vous rattrape !

Ariana ouvrit la porte et plissa les yeux, éblouie par le reflet du soleil sur la neige. Sergueï fonçait vers les bois. Elle serra les dents et se lança à sa poursuite avec détermination. Elle le rattraperait. S'il publiait ses photos, celles sur lesquelles on la voyait avec Thomas, elle perdrait tout. Qu'importe si Daniel avait menti et l'avait trahie le premier. Elle avait trompé le frère jumeau de Paige et ses représailles seraient terribles. Elle perdrait ses amis, Billings, et peut-être même sa mère.

Sergueï disparut sous les arbres. En atteignant la lisière de la forêt, Ariana se retourna brièvement pour voir où était Thomas. Il avançait en boitant, à une vingtaine de mètres derrière elle. Elle accéléra et s'engouffra dans le sous-bois.

Le craquement des branches sous les pieds de Sergueï s'espaçait. Le fugitif s'essoufflait et Ariana gagnait du terrain, dopée à l'adrénaline. Elle slalomait entre les sapins. Sergueï, juste devant, lâcha une branche, qui cingla le visage d'Ariana.

Elle porta une main à sa joue. Ses doigts étaient couverts de sang. La colère se diffusa dans ses veines comme de la lave en fusion. Pourquoi Sergueï la torturait-il ainsi ?

– Sergueï ! hurla-t-elle, les joues ruisselantes de larmes. Arrête-toi, s'il te plaît !

Le jeune Letton traversait une clairière. De l'autre côté s'étendait le lac gelé.

Ariana avait passé de longues heures dans cette partie du parc depuis qu'elle était arrivée à Easton, en troisième. Les feux de camp avec les filles Billings à l'automne, ou les samedis après-midi de printemps, étendue sur une couverture avec un bon livre. À l'époque, le risque de se faire prendre contribuait à son excitation. Un genre d'excitation qu'elle n'avait jamais ressentie à Atlanta.

Aujourd'hui, c'était différent. L'enjeu n'était pas le même et l'angoisse lui nouait le ventre.

Sergueï posa un pied sur la surface gelée du lac, puis hésita. Il la regarda par-dessus son épaule. Elle accéléra encore, tendit la main et tenta d'attraper son pull.

Sergueï pivota pour lui faire face. Surprise, Ariana le percuta de plein fouet. Ils tombèrent ensemble. Sa tête cogna contre la glace ; une douleur fulgurante lui vrilla le crâne.

Soudain, un bruit atroce déchira l'air. Lent d'abord, puis plus rapide. Le craquement de la glace qui se brisait sous leur poids.

Ariana hurla et se retourna juste à temps pour voir les eaux grises engloutir le corps de Sergueï.

– Non ! suffoqua-t-elle.

Alors qu'elle s'éloignait en rampant du trou qui menaçait de les avaler, les doigts de Sergueï se refermèrent sur sa cheville.

– Non ! lâche-moi ! cria-t-elle en griffant la glace.

– Au secours ! croassa Sergueï. Aide-moi !

Sa main était comme un étau. Ariana vit l'eau glaciale se rapprocher. Dans quelques secondes, il l'entraînerait avec lui. Ils mourraient tous les deux.

– Sergueï, non !

La peur aiguisait ses sens. Soudain tout lui apparut très clairement. Elle tendit la main et enfonça les ongles dans la main de Sergueï. Un mélange de peur et de douleur déforma les traits du garçon.

– S'il te plaît, suffoqua-t-il en se débattant dans l'eau. Aide-moi ! Je ne sais pas nager !

L'écho de sa voix résonna dans la clairière déserte. Le sang désertait ses joues blêmes. Il ne survivrait pas plus de quelques minutes dans l'eau glacée, et Ariana n'était pas sûre d'avoir assez de forces pour le hisser au sec. Elle empoigna son avant-bras de l'autre main et tira de toutes ses forces.

– Tiens bon, grogna-t-elle, en basculant de tout son poids en arrière.

Le battement sourd de son cœur, les appels à l'aide de Sergueï se mêlèrent soudain à la voix de sa mère, qui se ranimait lorsque Ariana lui parlait de Daniel, puis à celle de Thomas, qui chuchotait son prénom, allongé près d'elle. Peu à peu, ces voix dans sa tête couvrirent tous les autres sons. Elles devinrent assourdissantes. Toxiques.

« On ne sait jamais de quoi les gens sont capables tant qu'ils n'ont pas été poussés à bout… »

– Ariana ! supplia Sergueï.

– Tais-toi ! hurla-t-elle.

Tout ce bruit, ce chaos, c'était insupportable. Elle avait besoin de silence, de temps pour réfléchir. L'étreinte de Sergueï se desserra légèrement ; elle le regarda. Sa peau avait pris une teinte gris bleuté. Il murmura quelque chose au sujet de ses photographies, fixa sur elle des yeux implorants. Une petite voix dans sa tête lui disait qu'il n'était pas trop tard pour l'aider. Pour le sauver.

Mais ces photos. Pourquoi les avait-il prises ? Qu'exigerait-il en échange de son silence ? Sa vie était en jeu. Elle était comme un animal pris au piège, acculé.

– S'il te plaît…, répéta Sergueï.

Sa voix n'était plus qu'un murmure plaintif.

Ariana le fixa dans les yeux. Et soudain, la solution lui apparut avec clarté. Lentement, délibérément, elle lâcha le bras de Sergueï. Il écarquilla les yeux lorsqu'elle posa la main sur sa tête et appuya. Il se débattit un moment. Un court moment. Il était faible, et glissa en silence sous la glace. Ses yeux noirs la regardèrent sous la surface. Puis il disparut ; comme s'il n'avait jamais existé.

La glace se reformait déjà sur le trou qui l'avait englouti. Un silence assourdissant planait au-dessus du lac. Ariana fixa son reflet dans l'eau glacée. Elle sentit une chaleur étrange l'envahir.

Ç'avait été si facile. Elle avait repris le contrôle de la situation. Elle avait réussi à garder Billings, sa mère, Thomas. Elle était libre. Les voix dans sa tête s'étaient tues.

Toutes, sauf une.

– Ariana !

Elle se retourna. Thomas arrivait.

– Que s'est-il passé ? Où est Sergueï ?

– N'avance pas ! hurla-t-elle. La glace est trop fine !

Il s'immobilisa. Ariana le rejoignit en rampant. Lorsqu'elle atteignit la berge, elle lui enlaça les jambes et les serra de toutes ses forces. Il était là, auprès d'elle. Et ils ne craignaient plus rien.

Flou

– Partons d'ici. Immédiatement, dit Ariana d'une voix rauque.

Elle entraîna Thomas vers le campus. Elle voulait s'éloigner du lac. Du corps de Sergueï.

Il la retint par le bras.

– Ariana. Il faut que tu me dises ce qui s'est passé là-bas.

Elle se tourna vers lui, remarqua ses sourcils froncés, la légère torsion de sa bouche. Elle ne pouvait pas lui dire la vérité. Il ne comprendrait pas.

– Il s'est jeté sur moi. Il… il a essayé de me frapper.

Sa voix tremblait légèrement. Tant mieux. Cela donnait l'impression qu'elle avait peur, qu'elle était choquée. En réalité, elle ne ressentait rien. Elle était comme anesthésiée, et s'attendait à tout moment à être rattrapée par la gravité de son acte. Étouffée par la culpabilité.

Mais elle eut beau attendre, elle ne ressentit rien de plus qu'une paix immense. Tous ses problèmes avaient disparu comme par enchantement.

– Il a essayé de te frapper ? répéta Thomas.

– J'ai réussi à le repousser, mais il est tombé sur la glace, qui s'est brisée sous son poids.

Sa voix était calme, les explications lui venaient spontanément.

– Il est tombé dans l'eau. J'ai essayé de le sauver, mais je n'avais pas assez de forces.

Un instant, elle crut voir le doute passer dans les yeux de Thomas. Mais presque aussitôt, il la serra contre lui.

– Ton visage, chuchota-t-il lorsqu'il relâcha son étreinte.

Il lui effleura la joue à l'endroit où la branche de sapin l'avait giflée.

– C'est là qu'il t'a...

Ariana hocha la tête, le menton tremblant. Malgré son calme, elle parvenait sans trop d'efforts à paraître bouleversée.

– Il faut prévenir la police, dit Thomas.

Ariana eut un geste de recul.

– Non !

– Comment, non ? Ariana, quelqu'un est mort ! Nous sommes les seuls à savoir ce qui s'est passé, protesta Thomas.

Il croisa ses mains tremblantes sur sa poitrine.

– Il faut qu'on fasse quelque chose.

– Thomas, je t'en supplie.

Ariana prit une voix faible.

– Si on appelle la police, on devra tout leur expliquer. On sera renvoyés. Peut-être arrêtés. Et ma mère… tes parents… ton héritage ?

Le regard de Thomas se durcit ; Ariana comprit qu'elle avait marqué un point. Son instinct de survie s'était réveillé. Il comprenait la nécessité de se protéger et de protéger Ariana. Elle comptait autant pour lui que lui pour elle.

– Merde. C'est vrai, tu as raison.

Thomas se passa une main dans les cheveux.

– OK. Il faut filer d'ici.

Il lui prit une main et la serra à la broyer.

– Je n'arrive pas à le croire.

Son visage se tordit de douleur lorsqu'il s'appuya sur sa cheville blessée. Ils rebroussèrent chemin vers le campus. Ariana adorait sentir la main chaude de Thomas tenir la sienne. Tout allait bien. Cette promenade matinale dans les bois avait même quelque chose de romantique. Il faudrait qu'ils renouvellent l'expérience, lorsque les cours reprendraient…

– On va quitter le campus, dit Thomas d'une voix douce. Se séparer quelque temps.

– Quoi ?

Cette proposition fit à Ariana l'effet d'un coup de massue. Elle se raidit sous l'effet de la colère et s'arrêta brusquement. Après tout ce qu'ils avaient traversé ensemble, comment osait-il envisager de la quitter. Après ce qu'elle venait de faire pour eux ? Pour lui ? Il ne pouvait pas la laisser seule.

– Non, fit-elle d'une voix glaciale. C'est hors de question.

– C'est nécessaire, insista Thomas.

Il allait s'avancer vers elle, mais quelque chose l'arrêta. Ariana crut voir de la frayeur dans ses yeux. De quoi pouvait-il bien avoir peur ?

– On n'a pas le choix, Ariana. Ils vont remarquer la disparition de Sergueï et interroger tous les élèves restés sur le campus. S'ils découvrent qu'on était là, on est fichus.

– Je sais, répondit-elle sèchement. Mais je ne suis pas prête à te quitter maintenant. Alors qu'on vient de se trouver, ajouta-t-elle plus calmement.

Thomas s'étrangla de rire.

– « Alors qu'on vient de se trouver ? » C'est quoi cette réplique de sitcom pourrie ?

Les yeux d'Ariana flamboyèrent. Elle enfonça les ongles dans la manche de sa veste.

– Ne te moque pas de moi, dit-elle d'une voix menaçante.

– Je ne me moque pas de toi, se défendit Thomas, surpris.

– Si ! cria Ariana.

Un corbeau quitta son perchoir dans un arbre voisin et s'éleva dans le ciel en croassant. Ariana fixa Thomas et attendit, la mâchoire serrée. Il l'aimait. Elle en était certaine. Il était obligé de l'aimer. Parce que s'il ne l'aimait pas…

Thomas soutint longtemps son regard. On aurait dit qu'il la voyait pour la première fois. Finalement, il lui prit la main.

– Moi non plus, je ne veux pas être séparé de toi. Mais je t'en prie, Ariana, sois raisonnable. Si je me fais prendre, je perds tout. Mes amis, ma famille…

Il effleura son visage de sa main froide.

– Je te perdrai toi.

Ariana tressaillit. Elle glissa les bras sous ceux de Thomas et l'attira contre elle.

– D'accord, chuchota-t-elle, en le serrant de toutes ses forces.

Il tremblait.

– On fera ce que tu voudras, continua-t-elle. Tout ira bien.

Elle l'embrassa sur les lèvres.

– Fais-moi confiance. Personne ne l'apprendra jamais.

– D'accord.

Thomas avait les yeux vitreux.

– Viens, ne restons pas ici.

Il lui passa un bras sur les épaules. Appuyés l'un contre l'autre, ils cheminèrent vers le campus. Ariana inspirait de grandes goulées d'air glacé, comme pour se nettoyer. Chaque pas l'éloignait de Sergueï. Chaque minute qui passait le reléguait plus loin dans ses pensées, jusqu'à ce qu'il ne soit plus qu'un vague souvenir. Un mec qui avait fréquenté l'académie d'Easton, autrefois... Un visage flou sur une vieille photo jaunie.

Séparation

Une heure plus tard, ils étaient à l'angle du carrefour principal, au centre-ville d'Easton. Ariana, appuyée contre un réverbère, regardait fixement la rue derrière Thomas. Les boutiques étaient encore fermées et dans les vitrines éteintes, les mannequins figés dans leurs poses artificielles avaient un air sinistre. Une rafale lui envoya une giclée de flocons dans la figure. Thomas la regarda avec sollicitude.

– Dis quelque chose…

– Qu'est-ce que tu veux que je dise ?

Ariana fuyait son regard. Elle aurait pu lui répéter qu'elle voulait passer une dernière nuit avec lui avant de partir, ou que la pensée de rejoindre Daniel dans le Vermont lui serrait la poitrine au point de l'étouffer. Mais à quoi bon ?

Son sac sur l'épaule, elle tenta de se rappeler que ce sacrifice en valait la peine.

Ils en avaient longuement discuté en marchant vers le centre-ville. Il ne neigeait plus et les trains circulaient de nouveau. Ariana avait beau détester le froid, elle aurait voulu rester bloquée par les intempéries des semaines durant pour être avec Thomas. Mais ils devaient s'en tenir à leur plan. Si elle rompait avec Daniel maintenant pour sortir avec Thomas, les gens auraient des soupçons. Surtout Paige qui la soumettrait à un véritable interrogatoire pour savoir ce qu'elle avait fait pendant les vacances, où elle était allée, etc. Thomas avait donc décidé d'attendre que l'affaire de Sergueï se tasse. Ils pourraient se voir en secret cette année, mais Ariana devrait attendre les vacances d'été pour rompre avec Daniel. En septembre, Daniel et Paige ne seraient plus à Easton. Thomas et Ariana pourraient enfin officialiser leur relation, en suggérant qu'elle venait de commencer. Ils passeraient leur année de terminale ensemble, comme un vrai couple.

– Je ne sais pas, reprit Thomas. N'importe quoi…

Il lui caressa la joue. Elle sursauta ; le froid lui avait mis la peau à vif.

Ariana resserra les pans de son fin manteau pour faire barrage au vent, sans succès. Elle eut une pensée nostalgique pour son épais manteau blanc, qui avait fini en cendres dans la clairière, sur la colline. Elle était retournée à l'endroit où elle avait l'habitude de faire la fête avec ses amies à l'automne, pour brûler tous les vestiges des deux jours passés sur le campus. La première chose qu'elle ferait en arrivant dans le Vermont, ce serait s'acheter un nouveau manteau.

Thomas posa ses mains nues sur ses épaules.

– Regarde-moi ! ordonna-t-il.

Elle obéit.

– Moi non plus, je n'ai pas envie de te quitter. Tu le sais, non ?

– Si.

Elle hocha la tête et se laissa aller contre lui. Il avait raison, c'était la seule solution. Et elle ne lui facilitait pas la tâche.

– Tu te rappelles ce que tu vas leur dire ? demanda-t-il doucement.

– Que je suis restée coincée dans un motel, à la frontière du Connecticut, à cause de la neige, répéta-t-elle mécaniquement.

– Bien.

Il lui sourit.

– Les vacances durent deux semaines, petite coquine. Ce n'est pas la mer à boire...

Il poussa son pied du sien. Ce surnom ridicule lui fit monter les larmes aux yeux. Elle les essuya d'un revers de main. Deux semaines dans le Vermont lui semblaient une éternité. Mais c'était la seule façon d'avoir un alibi.

Des gens prêts à attester où elle s'était trouvée pendant les vacances. Même si ces gens étaient Daniel et Paige Ryan.

– Ne m'appelle pas comme ça, se défendit-elle, faiblement.

– Arrête ! Tu adores ça.

Thomas souriait, mais ses yeux étaient vides. Morts. Pour la première fois, Ariana comprit qu'il était aussi malheureux qu'elle.

– Je voudrais te donner quelque chose, dit-il, en fouillant dans sa poche.

Il lui plaqua dans la paume l'ancien jeton de métro new-yorkais avec lequel il jouait le soir du bal au Driscoll.

– Je l'ai toujours sur moi. C'est un porte-bonheur. Ça sera notre truc… notre symbole, appelle ça comme tu veux.

Un hurlement de sirènes déchira l'air. Ariana se raidit en voyant deux 4 × 4 de la police dévaler la rue à tombeau ouvert.

– Tu ne crois pas que…, commença-t-elle d'une voix tremblante.

– Promets-moi de tenir le coup, l'interrompit Thomas.

Il approcha la bouche de son oreille.

– Ils ne vont pas le trouver. Et même s'ils le trouvent, ils ne penseront jamais à nous interroger. J'étais en route pour New York, et toi pour le Vermont.

– J'étais en route pour le Vermont, répéta-t-elle, comme pour s'en convaincre.

– Pour rejoindre Daniel, ajouta Thomas, la mine sombre.

Elle cligna des yeux pour retenir de nouvelles larmes. Elle savait ce qu'il entendait par là. Daniel voudrait aller plus loin avec elle. Serait-elle capable de jouer la comédie. De coucher avec lui, de lui dire qu'elle l'aimait, alors qu'elle rêvait d'être avec Thomas ? Elle eut un haut-le-cœur en s'imaginant allongée dans un lit près de Daniel.

Ariana pressa la joue contre la veste de laine de Thomas. Si elle n'avait écouté que son cœur, elle serait restée avec lui. Et tant pis pour Easton, Billings, Daniel… tant pis pour sa mère.

– Tu ne veux pas venir avec moi ? murmura-t-elle contre sa poitrine. Il paraît que c'est une résidence hyper sélect.

– J'aimerais bien.

Il lui embrassa le dessus de la tête.

– Rappelle-toi simplement que tu es plus qu'un prénom sur une liste, Ariana. Tu mérites mieux que ça…

Un taxi tourna le coin de la rue et se gara le long du trottoir. Ariana sentit sa gorge se serrer à l'étouffer. Thomas l'embrassa avec fougue. Elle s'efforça de tout fixer dans sa mémoire : les contours de son visage, la douceur de ses lèvres. Cette mèche de cheveux qui tombait devant ses yeux…

Il se dégagea et lui déposa un baiser sur le bout du nez.

– Ça va aller ?

Elle hocha lentement la tête.

– Alors, on se voit dans deux semaines, dit-il, en lui ouvrant la porte du taxi.

– OK.

Ariana se fit violence pour s'éloigner de lui. La séparation lui causait une douleur physique à la limite du supportable. Elle s'assit sur la banquette arrière et sursauta lorsque la porte claqua. Thomas, resté sur le trottoir, la regardait par la fenêtre embuée. Ariana s'accrocha au souvenir de son baiser. Le taxi freina brusquement, et elle regarda devant elle, par réflexe. Quand elle se retourna, Thomas avait disparu.

– Où allez-vous ? lui demanda le chauffeur d'un ton revêche.

– À la gare.

Un sapin de Noël parfumé se balançait sous le rétroviseur, emplissant l'habitacle d'une écœurante odeur de pin. Un mélange de sueur et de tabac froid imprégnait les sièges en cuir déchiré. Ariana s'appliqua à respirer par la bouche. Elle sortit de son manteau le téléphone de M. Holmes et prit soin de masquer son numéro avant de composer celui de Daniel. Il décrocha à la première sonnerie.

– Allô ?

– C'est moi, fit Ariana à voix basse.

– Qui ça ? Attendez une seconde. Je connais cette voix… On dirait celle de ma petite amie.

Ariana n'arrivait pas à déterminer s'il était soulagé ou furieux, et elle était trop fatiguée pour vraiment s'en inquiéter.

– Je suis restée coincée à cause de la tempête, ânonna-t-elle.

– Mes parents n'arrêtent pas de demander de tes nouvelles. Ils veulent savoir quand tu arrives. Qu'est-ce que je leur dis, moi ?

– Je serai là ce soir.

– Ce soir ?

Daniel se radoucit.

– Je viendrai te chercher à la gare. À quelle heure arrive ton train ?

Elle entendit des papiers froissés et la voix d'un commentateur sportif à l'arrière-plan.

– Je ne sais pas encore. Sûrement tard. Ne t'embête pas à venir à la gare. Je te rejoins au chalet, d'accord ?

Elle ferma les yeux, priant pour que Daniel accepte. Elle avait besoin de temps pour endosser le rôle de la petite amie douce et affectueuse qu'elle devrait jouer les deux prochaines semaines.

– Tu es sûre ? hésita Daniel.

– Ouais. Je t'appelle quand j'arrive dans le hall.

– OK. À tout à l'heure.

Daniel marqua une pause. La ligne grésilla.

– Je t'aime, lâcha-t-il.

Ariana sentit ses muscles se contracter.

– Moi aussi, articula-t-elle au prix d'un gros effort.

Sans rien ajouter, elle referma le téléphone et le glissa dans sa poche. Au passage, elle effleura le jeton de métro de Thomas. Elle sourit, ouvrit sa chaîne, glissa le jeton à côté de la fleur de lys et la rattacha.

Clandestins

Ariana rongeait son frein dans le taxi qui roulait vers l'académie Easton le dimanche soir, veille de la rentrée. Lorsque le véhicule franchit enfin les grilles du lycée, elle colla le nez à la vitre embuée et regarda ses camarades sortir leurs bagages des limousines stationnées dans la cour ronde. Elle secoua la tête en voyant London Simmons et Vienna Clark – alias « les villes jumelles » – traîner des valises Chanel rose vif. Les deux filles, qui cultivaient le mimétisme comme une religion, avaient les mêmes coups de soleil, les mêmes marques de lunettes de soleil autour des yeux…

– Pourquoi ce sourire ? lui demanda Daniel.

Il lui passa un bras sur les épaules. Elle le trouva lourd, encombrant. Elle avait hâte de mettre un peu de distance entre eux.

– Rien. Je suis contente de rentrer, c'est tout.

– Pas moi ! grogna Daniel. Deux semaines, ça passe trop vite.

Le taxi s'arrêta. Daniel sortit son portefeuille de sa poche et tendit un billet de cinquante dollars au chauffeur. Puis il sortit de la berline et la contourna à la hâte pour ouvrir la portière à Ariana.

– Merci, répondit-elle en posant le pied sur le trottoir.

Son impatience était à son comble. Depuis deux semaines, elle rêvait de ce moment. De son retour à Easton. De ses retrouvailles avec Thomas. Elle consulta sa montre.

– On va dîner en ville ? Je suis affamé ! lança Daniel, qui attendait les bras ballants que le chauffeur décharge leurs valises.

– Non ! fit-elle précipitamment.

Réalisant son erreur, elle se força à bâiller.

– Je suis crevée.

Elle tira nerveusement sur la vilaine écharpe en cachemire kaki que Mme Ryan lui avait offerte pour Noël, et qu'elle s'était sentie obligée de porter pendant tout le voyage. Daniel fronça les sourcils.

– D'accord. Alors, demain, pour le déjeuner ?

– Ouais, avec plaisir.

Elle souleva son sac de voyage et regarda de nouveau sa montre avant de prendre la direction de Billings.

– Tu as un rendez-vous ? ironisa Daniel.

Elle détestait quand il la regardait ainsi, comme une gamine.

– Mon heure de coucher est largement dépassée, dit-elle avec un rire forcé.

Le soulagement l'envahit quand elle aperçut son dortoir. Bientôt seule ! Elle pressa le pas.

– Bon, à demain !

Daniel hocha la tête. Elle le regarda se mêler aux élèves qui s'agglutinaient devant les dortoirs.

Ariana attendit quelques secondes avant de foncer vers Billings. Elle monta l'escalier comme un bolide, ouvrit la porte à la volée, jeta son sac dans l'entrée, puis redescendit les marches. Elle retraversa le campus en courant. En passant devant Ketlar, elle scruta les alentours avec méfiance. Daniel n'était pas en vue.

Gwendolyn Hall se dressait juste à la lisière du campus, derrière une rangée d'arbres. Ce bâtiment, le plus ancien d'Easton, avait été condamné des années plus tôt ; Ariana n'y était jamais entrée. Un fouillis d'herbes mortes et de broussailles encerclait la vieille bâtisse aux fenêtres murées, tels des doigts squelettiques menaçant de l'étrangler. Deux bancs de pierre décrépits flanquaient l'entrée. Ariana s'assit sur le plus proche et consulta une nouvelle fois sa montre. Elle n'entendait aucun bruit, hormis le tap tap de ses pieds sur le sol fissuré.

– J'en connais une qui sait se faire désirer…

Ariana entendit Thomas avant de le voir. Elle sauta sur ses pieds et regarda autour d'elle.

Il apparut enfin à l'angle du bâtiment. Ses cheveux étaient plus courts sur les côtés ; il paraissait légèrement plus vieux qu'avant les vacances. Encore plus beau.

En courant vers lui, elle trébucha sur un bloc de béton et se reçut dans ses bras ; le choc le fit vaciller.

– Holà, doucement !

Il rit, lui embrassa le visage, les cheveux.

– Tu m'as tellement manqué, souffla Ariana.

– Viens. La seule porte qui n'est pas condamnée mène au sous-sol.

Thomas la prit par la main et l'entraîna à travers les broussailles sur le côté de la bâtisse. Il tira sur la porte, puis se baissa pour entrer. Ariana le suivit dans la cave, où planait une forte odeur de moisi. Elle ôta sa vilaine écharpe et son manteau Dior bleu ciel, flambant neuf. Renonçant à trouver un endroit propre où les poser, elle les abandonna sur le dossier d'une chaise poussiéreuse. Vive le pressing !

– J'ai cru que j'allais devenir folle, dit-elle à Thomas alors qu'il refermait la porte vermoulue.

Un rayon de soleil couchant teintait son visage d'orange.

– Moi aussi, avoua-t-il.

Il la plaqua contre le mur de pierre et lui retira son pull. Puis il lui passa les mains dans les cheveux, l'embrassa sur la bouche, dans le cou, le long de l'omoplate. Elle frissonna. Elle n'avait pas éprouvé cette sensation une seule fois depuis qu'elle était partie pour le Vermont. Ce sentiment d'être libre, de vivre intensément.

– Au moins, tu n'as pas passé deux semaines coincées dans l'appart de mes parents avec mon crétin de frère.

– Pauvre chéri ! s'exclama-t-elle, moqueuse. C'est vrai que la vie est éprouvante dans le Upper East Side...

Il se débarrassa de son manteau, puis de son pull.

– Comme si tu avais souffert le martyre dans le Vermont, dit-il en la couvrant de caresses.

Elle se raidit. Daniel était la dernière personne à qui elle avait envie de penser en ce moment. Elle voulait oublier ces deux semaines avec les Ryan, et si possible occulter le souvenir de ce qui s'était passé entre Daniel et elle.

– Qu'est-ce que tu as ? lui souffla Thomas à l'oreille.

Il posa les mains sur ses hanches et la guida dans le dédale de vieux bureaux empilés les uns sur les autres. Puis il la hissa sur un vieux pupitre en chêne.

– Ça va ?

– Mais oui !

Elle l'attirait contre elle, quand un bourdonnement familier s'échappa de sa poche.

– Mon téléphone !

– Oublie-le.

– Impossible.

Elle sortit son portable. Son cœur sombra lorsqu'elle découvrit le nom qui s'affichait sur l'écran. Paige Ryan cherchait à la joindre. Ariana appliqua ses paumes sur la poitrine de Thomas et le repoussa doucement.

– Il faut que je rentre.

– Déjà ?

Puis, la mine sombre :

– Je vois... Tu as un rendez-vous galant.

Il recula brusquement et récupéra son pull par terre.

– C'est juste Paige, se défendit Ariana. Elle doit se demander où je suis passée... Et comme elle m'a déjà posé des tonnes de questions sur ce que j'ai fait, seule dans un motel pendant deux jours...

– Pas de problème, la coupa Thomas.

Il lui déposa un baiser sur les lèvres. Ariana le regarda à travers ses cils, provocatrice.

– C'est vrai que c'est casse-pieds de devoir se cacher... Mais c'est un peu excitant aussi, non ?

– Si, bien sûr, approuva Thomas en se rhabillant.

Ariana ferma les yeux. Son corps tout entier lui criait de rester avec lui. D'oublier Daniel. Elle rouvrit les paupières, l'attira de nouveau à elle.

– Patience. À l'automne, on sera officiellement ensemble...

– Ouais.

– En attendant, on peut continuer à se retrouver ici, suggéra-t-elle. Demain, par exemple. Vers cinq heures ? On reprendra là où on s'est arrêtés...

Elle se colla tout contre lui et mordilla sa lèvre inférieure. Thomas sourit aux anges.

– Promis ?

– Promis !

Elle l'embrassa passionnément, enfonçant les ongles dans son cuir chevelu et le serrant à l'étouffer. Puis elle se dégagea, ramassa son pull, alla récupérer son manteau et se rhabilla à la hâte.

– S'il y a une chose que tu dois savoir sur moi, c'est que je n'aime pas laisser les choses en plan, déclara-t-elle en époussetant son manteau. Je finis toujours ce que j'ai commencé.

– Enregistré, répondit Thomas, encore un peu sonné.

Elle le tira par les pans de son manteau pour lui donner un dernier baiser.

– À plus tard.

En sortant, Ariana inspira l'air glacial à pleins poumons. Elle quittait Thomas à contrecœur, mais c'était nécessaire si elle ne voulait pas éveiller les soupçons de Paige. Elle longea Gwendolyn Hall et traversa une étendue d'herbe marron, grillée par la neige. De gros nuages noirs plombaient le ciel. Le campus était sinistre et étrangement désert. Ariana fut prise d'une sourde appréhension.

Elle n'avait pas réfléchi à ce qu'elle allait raconter à Noëlle, qui lisait en elle comme dans un livre ouvert.

Les mois à venir s'annonçaient difficiles. Elle allait devoir jouer la comédie en permanence, mais ses efforts seraient récompensés en septembre, quand Thomas et elle seraient enfin ensemble pour de bon. Pour toujours.

Témoin

Ariana se tortillait sur la banquette de skaï en fixant le menu sous plastique posé devant elle. Elle avait accepté de retrouver Daniel pour déjeuner. Comme prévu, il avait choisi le 24/7, un boui-boui qui servait à toute heure des hamburgers frites graisseux aux élèves d'Easton. Depuis qu'ils étaient ensemble, il ne lui avait jamais proposé un autre restaurant, bien que le seul plat végétarien au menu soit une assiette de frites accompagnées d'une misérable feuille de salade. Jamais il ne lui avait demandé si elle souhaitait aller ailleurs. Et jamais elle ne s'en était plainte.

– Chaud devant ! cria un serveur.

Ariana sursauta et regarda sa montre. Daniel avait dix minutes de retard. Elle décida de lui en accorder encore cinq avant de partir. Ils étaient de retour depuis moins de vingt-quatre heures, et il la faisait déjà attendre.

– Salut, ma belle !

Daniel apparut près d'elle et se pencha pour lui faire une bise. Ses lèvres étaient râpeuses.

– Désolé, je suis en retard. Mon coach voulait me voir.

Il s'assit en face d'elle, posa les mains sur les siennes et exerça une légère pression. Le froid lui avait rougi les joues.

– Tu es là depuis longtemps ?

Ariana secoua la tête pour chasser l'agacement qu'elle éprouvait à sa vue.

– Je n'étais pas en avance non plus.

Elle porta une main à sa poitrine et effleura le jeton de métro accroché à sa chaîne, sur son pull à col roulé. Elle épia la réaction de Daniel. Néant. Il ne savait rien.

– Tant mieux.

Il prit un menu dans le présentoir en inox et l'ouvrit.

– Il fait bon, ici, dit-il, en soufflant sur ses mains.

Puis :

– Tu as appris pour ton petit copain Sergueï ?

Ariana crut succomber à une crise cardiaque. Daniel la regarda.

– Ils ont trouvé son corps dans le lac, continua-t-il sur un ton neutre. Cet imbécile s'est noyé.

– Quoi ? Mais c'est horrible ! s'exclama-t-elle, feignant la surprise.

En réalité, son soulagement était immense. Une noyade accidentelle. Que demander de mieux ?

Daniel fronça les sourcils, soudain sérieux.

– Ouais, ça fait flipper, hein ! Ç'aurait pu être un de nous. On traîne tout le temps là-bas. Imagine, tu rentres bourré, tu marches sur la glace, et CRAC !

Ariana sursauta.

– La glace se casse et voilà. Terminé, fit Daniel.

Il secoua la tête et s'intéressa au menu.

– Tu as raison. On devrait faire la fête ailleurs, suggéra Ariana, la bouche sèche.

– Ouais, peut-être...

Elle ferma les yeux. Tout lui faisait horreur dans cette salle : la lumière agressive des néons, les cris des enfants, les serveurs qui braillaient les commandes au cuisinier, le carrelage en damier noir et blanc qui lui donnait le vertige, l'odeur de friture. Elle inspira lentement.

Pourquoi s'infligeait-elle cette épreuve ? Pourquoi s'obligeait-elle à jouer la comédie avec Daniel ? Tout le monde se moquait de la disparition de Sergueï. Il n'y avait qu'à voir la réaction de Daniel pour s'en convaincre.

Elle tenta de se raisonner : «Tiens bon, Ariana. Tu fais ça pour Thomas. Il faut respecter le plan initial. Le contraire serait trop risqué... »

– Enfin, bref, enchaîna Daniel. Mon coach m'a dit que son supérieur à Harvard l'avait appelé l'autre jour. Ils veulent m'intégrer dans leur équipe à l'automne. Le type a été hyper impressionné en me voyant jouer le jour des portes ouvertes.

Il ferma son menu et le fit glisser sur la table.

– C'est super ! s'écria Ariana. Je suis fière de toi.

Ses répliques lui venaient sans effort, comme un texte appris par cœur. Daniel se servit de l'eau ; il but une gorgée avant de reprendre :

– Le problème, c'est que mon père refuse que je joue pendant le premier semestre. Il a peur que mon travail s'en ressente.

– Et toi, qu'est-ce que tu en penses ?

Elle jeta un regard furtif à la pendule hideuse fixée au mur. S'ils ne traînaient pas trop, elle serait de retour sur le campus dans une demi-heure, à temps pour rejoindre Thomas.

Daniel haussa les épaules.

– Je ne sais pas. Il a peut-être raison… Le semestre s'annonce chargé. La chimie organique et la bio en même temps, ça va être chaud.

Il lui décocha un regard malicieux.

– En tout cas, il avait raison à ton sujet.

– Ah bon ?

Elle pencha la tête et une mèche tomba devant ses yeux ; Daniel la lui glissa derrière l'oreille.

– Qu'est-ce qu'il a dit sur moi ?

– Il t'adore. Ma mère aussi, d'ailleurs. Ils n'arrêtent pas de me parler de toi. Ils me demandent pourquoi je ne t'ai pas amenée plus tôt à la maison. Et ils sont fous de ton accent.

Ariana rougit.

– Moi aussi, je les aime beaucoup, mentit-elle.

– Ils veulent inviter tes parents à Southampton en août…

Daniel arrondit les yeux en comprenant sa gaffe.

– Je veux dire… ta mère, se reprit-il. Ou ton père. L'un des deux.

Il se racla la gorge et posa les mains sur ses cuisses.

– Ils font encore des trucs ensemble ?

Ariana rougit de plus belle.

– Ça leur arrive.

« Très rarement », ajouta-t-elle en pensée.

Elle sentait sa cuirasse se fissurer, et c'était une sensation très désagréable. Elle avait parlé de ses parents à Thomas, se confiant à lui sans retenue, mais elle devait absolument rester sur ses gardes avec Daniel. Il ne pouvait pas comprendre. Il la jugerait, forcément.

– Dans ce cas, je suis sûr qu'ils accepteraient de venir ensemble, sachant combien c'est important pour toi…

« Important pour moi, tu parles ! », pensa-t-elle, sarcastique.

– Oui, sûrement.

– Super ! Mes parents m'ont demandé si c'était sérieux entre nous. Ils veulent savoir ce qu'on a prévu pour l'an prochain.

Il semblait soulagé de changer de sujet. Ariana n'y gagnait pas vraiment au change.

– Qu'est-ce que tu leur as répondu ? demanda-t-elle, sur la défensive.

Elle se retint de tirer sur le col de son pull. Elle avait l'impression de cuire à petit feu.

– Que c'était parti pour durer, et que tu passerais tous les week-ends à Cambridge.

Daniel marqua une pause, le temps de capter son regard.

– Et je leur ai dit que je t'aimais.

Les week-ends à Cambridge ? N'importe quoi ! Ils n'avaient jamais discuté de leurs projets pour l'année suivante. En revanche, Ariana avait déjà tiré des plans sur la comète. Et Daniel ne figurait pas dans le paysage.

– Moi aussi, je t'aime.

Les mots sortirent de sa bouche froids, mécaniques, mais Daniel ne sembla pas s'en formaliser.

– Alors, c'est réglé, dit-il d'un ton plein de suffisance.

« C'est ça, rêve toujours… »

Ariana réprima un sourire en imaginant que Thomas entendait son monologue intérieur.

– Ah, et j'ai dit à mes parents que tu étais incroyable au pieu, ajouta-t-il, pince-sans-rire. D'ailleurs, on devrait y aller. Il faut étrenner mon lit de dortoir…

« C'est déjà fait », pensa-t-elle avec ironie. Thomas aurait adoré qu'elle prononce ces mots tout haut.

– Alors, ça te dit ?

– Daniel ! s'offusqua-t-elle.

– Désolé, je n'ai pas résisté, dit-il avec un sourire féroce.

Ariana secoua la tête. Elle mourait d'envie de lui avouer qu'elle avait trouvé la liste de ses conquêtes, puis de lui coller une gifle bien sentie. Mais c'était trop tôt. Elle le regarda héler une serveuse, sans résultat.

Daniel était tellement naïf. Il ne doutait pas une seule seconde qu'elle l'aimait et qu'elle était encore vierge quand elle avait couché avec lui.

– Personne ne bosse, ici ! s'énerva-t-il soudain. Tant pis, on commandera à mon retour.

Il s'extirpa de la banquette et prit la direction des toilettes. Ariana le suivit des yeux avec un petit sourire. Elle maîtrisait la situation.

Elle sentit soudain une présence sur sa gauche, leva les yeux et découvrit une jolie brune qui la toisait, debout près de la table.

– Bonjour ! Je vais prendre une salade et un thé, mais je ne sais pas ce qu'il veut, dit-elle en regardant vers les toilettes.

La fille sourit avec condescendance.

– Je ne suis pas une serveuse, Ariana. Mais je devine assez facilement ce qui ferait plaisir à ton mec. Un peu de sincérité, par exemple. Avoir une copine fidèle...

– Pardon ?

Le sang d'Ariana se glaça. Elle avait sûrement mal entendu. La salle était bruyante ; la fille avait dû la prendre pour quelqu'un d'autre. Mais comment connaissait-elle son prénom ?

– Tu n'es pas d'accord ? reprit l'inconnue d'une voix enjouée.

Son timbre était rauque. Particulier. Ariana ouvrit la bouche et ne parvint à produire qu'une toux sèche, étranglée. Elle voulut s'agripper à la banquette, mais ses mains trempées de sueur glissèrent sur le skaï. La fille s'assit à la place de Daniel.

– Il va te faire souffrir…

Ces mots transpercèrent Ariana comme un poignard. Elle étudia le visage de la fille : ses yeux gris, sa peau claire, la cascade de cheveux bruns qui tombait sur ses épaules. Elle avait les traits réguliers, mais l'air plus dur que la plupart des élèves d'Easton. Elle portait un blouson de cuir et un vieux bonnet de laine. Une écharpe bleu marine dépassait de son col.

– Je sais à quoi m'en tenir avec Daniel, déclara Ariana, feignant l'indifférence.

– Je ne parle pas de Daniel. Je parle de Thomas.

La fille posa les mains sur la table et se pencha en avant. Une vilaine cicatrice rouge zébrait sa main droite.

– Je commence à penser que tu n'es pas aussi intelligente qu'on le dit.

– Thomas ? répéta Ariana, prise de vertige.

Elle avait déjà entendu cette voix, mais où ? Elle tenta en vain de mettre un nom dessus ; la peur lui paralysait le cerveau.

– Il n'est pas celui que tu crois, reprit calmement l'inconnue. Même s'il te fait des crêpes et allume des bougies pour te réchauffer la nuit. Même s'il te promet de garder tes secrets...

Ariana avait la bouche affreusement sèche. Elle essaya en vain d'avaler sa salive. Que savait cette fille ? Comment le savait-elle ?

Elle effleura de nouveau le jeton de métro. L'inconnue balança ses cheveux par-dessus son épaule en riant.

– Moi, par contre, je n'ai rien promis.

Ariana hésita. Était-ce une menace ? Cette fille lui voulait-elle du mal ? Ou pire : à Thomas. Elle lança un regard affolé vers les toilettes. Son premier réflexe était de chercher la protection de Daniel. Mais c'était une erreur. Il ne fallait surtout pas qu'il la croise. Elle en savait trop. Elle savait tout.

– Ne t'inquiète pas, murmura la fille sans se retourner. Je partirai avant qu'il revienne.

Ariana se sentait liée. Bâillonnée. À la merci de cette étrangère.

– Qui êtes-vous ? articula-t-elle d'une voix épuisée.

Elle ne maîtrisait plus rien. Comment en était-elle arrivée là. Un instant plus tôt, elle croyait cette affaire classée ; le cauchemar terminé.

– Qu'est-ce que vous voulez ?

– Peu importe qui je suis. Ce que je veux, c'est Thomas, répondit la fille avec hargne.

Ses yeux flamboyèrent. Comme si prononcer ce prénom avait ravivé des braises qui couvaient en elle.

– On était ensemble. Tout allait bien. On s'aimait. Mais un jour, il m'a dit qu'il m'aimait encore, mais que les choses devenaient trop compliquées entre nous…

Elle plissa les paupières.

– Et puis, il t'a trouvée.

Ariana secoua lentement la tête. Elle ne comprenait rien. C'est vrai, Thomas avait une réputation de séducteur à Easton. Mais cette fille ne pouvait pas être une élève du lycée. Elle ne l'avait jamais vue. En revanche, sa voix lui était familière…

– J'ai toujours su qu'il reviendrait, reprit l'inconnue, un sourire lointain aux lèvres. Tu n'es qu'une passade. On est faits pour être ensemble.

Elle était folle à lier !

– Thomas est avec moi, maintenant, dit Ariana, très calme. Il n'est plus avec vous.

Elle glissa la main dans son sac. Ses doigts se refermèrent sur un stylo.

– C'est ce que tu crois, dit la fille avec un rire étrange. Mais tu vas devoir le quitter. Sauf si tu préfères que ton autre mec apprenne vos manigances…

Ariana ne répondit pas. Elle serra le stylo si fort que sa main trembla, puis s'engourdit.

– Tu te souviens de ce que vous avez fait dans sa chambre ? Je suis sûre que ça intéresserait beaucoup Daniel…

Elle secoua lentement la tête.

– Et le meurtre, souffla-t-elle. Ce pauvre garçon… La police serait sûrement ravie d'apprendre avec qui il était au bord du lac, et comment il s'est « noyé ».

– Comment tu sais tout ça ? demanda Ariana d'une voix à peine audible.

– J'ouvre l'œil. Bien sûr, je ne suis pas obligée d'aller voir les flics. Ça dépend de toi…

Elle planta ses yeux froids dans ceux d'Ariana.

– Souviens-toi : tu marches sur de la glace très fine… Et tu es bien placée pour savoir que c'est dangereux.

La fille rit de sa plaisanterie macabre. Elle se leva, sortit son écharpe de son blouson et se l'enroula autour du cou. Une écharpe sombre, à losanges.

Ariana eut un haut-le-cœur en reconnaissant le motif. La fille lui posa une main sur l'épaule :

– Quitte-le, dit-elle, en lui enfonçant ses ongles dans la chair. Je ne le répéterai pas.

Sur ces mots, elle disparut.

Ariana s'affaissa sur la banquette, anéantie. Il lui fallut quelques secondes pour prendre toute la mesure de la situation. Ses mains tremblaient. Bientôt, le tremblement se communiqua à tout son corps. Elle se mit à suffoquer. Un mélange de peur, de culpabilité et de honte l'empêchait de respirer.

La fille avait une écharpe à losanges, comme sur la photo où Thomas et elle étaient en train de s'embrasser dans la chambre de Daniel. Ce n'était pas Sergueï qui avait pris cette photo. Maintenant qu'elle y pensait, le cliché n'était même pas dans son appareil. Comment avait-elle pu être aussi stupide ? Ce n'était pas le jeune Letton qui les avait épiés.

Soudain, Ariana se rappela les cris de Sergueï avec une netteté abominable. Ses appels à l'aide. Elle revit ses yeux se ternir juste avant que les eaux noires l'engloutissent.

Ce n'était pas lui qui les avait harcelés, mais il était quand même mort. Assassiné. Ariana l'avait tué pour rien.

En tirant sur le col de son pull, elle renversa du coude le verre d'eau posé devant elle. Les clients accoudés au comptoir se retournèrent.

Inspire… Expire…

– Ça va, mon chou ? lui demanda la serveuse en se précipitant pour éponger les dégâts.

– Bien, merci ! mentit-elle. Je viens juste de me rappeler que j'ai un rendez-vous.

Il fallait absolument qu'elle sorte de là ! Daniel allait revenir des toilettes d'une seconde à l'autre et la surprendre en pleine crise de panique. Elle récupéra son manteau et se précipita dehors.

Son monde s'écroulait. Toutes ces choses qu'elle avait eu tant de mal à obtenir, puis à garder, menaçaient de lui échapper. Et elle ne savait pas comment les retenir.

Vent de panique

Ariana attendit patiemment dans le noir que Thomas regagne sa chambre. Après avoir ressassé pendant des heures l'épisode du restaurant, elle commençait à y voir plus clair. Elle n'était pas responsable de la mort de Sergueï. C'était cette fille la coupable. Elle était présente au bord du lac. Elle aurait pu l'empêcher d'agir. Lui dire que Sergueï était innocent. C'est elle qui avait la mort de Sergueï sur la conscience.

Mais Ariana avait beau en être convaincue, cela ne réglait pas tous ses problèmes.

– Qui est cette fille ? demanda-t-elle d'une voix calme quand Thomas ouvrit la porte.

La lumière du couloir fit scintiller les petits éclats de verre fichés dans les lames du plancher. La bouteille de rhum cassée avait retrouvé sa place sur le bureau.

– Qu'est-ce que...

Thomas actionna l'interrupteur et s'affaissa contre la porte lorsqu'il vit Ariana assise sur son lit, emmitouflée dans son manteau et son écharpe.

– Ariana ! Tu veux ma mort, ou quoi ?

Il jeta son sac de sport et son ballon près de la porte.

– Qu'est-ce que tu fais là ?

– Réponds d'abord à ma question. Qui est cette fille ? répéta-t-elle sur le même ton.

Bien que Ketlar soit de nouveau chauffé, elle grelottait.

– Quoi ? De qui tu parles ?

– Je vais te rafraîchir la mémoire, dit-elle, toujours impassible.

Elle avait fait confiance à Thomas, elle s'était livrée à lui, comme jamais à personne. Et il lui avait caché quelque chose. Ces cachotteries ne pouvaient pas durer. Pour se sortir du pétrin ensemble, ils allaient devoir jouer carte sur table.

– La jolie brune. Elle dit qu'elle t'aimait et que tu l'as larguée du jour au lendemain.

L'émotion rendait sa voix rauque. Elle s'éclaircit la gorge. Ce n'était pas le moment de flancher.

Thomas pâlit.

– Je… je ne sais pas de qui tu parles.

– Faux ! répliqua-t-elle en caressant le couvre-lit. Essaye encore.

Sa voix ne trahissait toujours pas la rage qui la consumait.

– Ariana, je te jure…

– Ne me mens pas ! cria-t-elle en se levant.

Thomas recula d'un pas.

– OK, d'accord ! murmura-t-il. Mais s'il te plaît, parle moins fort.

Ariana croisa les bras et attendit. Thomas se passa une main dans les cheveux. Il réfléchit un instant avant de lâcher tout bas :

– Elle s'appelle Melissa.

Il alla s'asseoir sur son bureau.

– Mel Johnston. Je suis sorti avec elle quelque temps, au début de l'année.

Thomas s'interrompit et lorgna avec méfiance vers Ariana. Elle ne pipa mot. Il ôta son manteau qu'il jeta sur le lit.

– Je l'ai rencontrée par des copains du lycée public d'Easton. On est sortis ensemble deux-trois mois, puis elle est devenue collante, alors j'ai rompu. C'est sans importance. S'il te plaît, ne…

– Quand ? demanda-t-elle, glaciale. Quand as-tu rompu ?

– Je ne sais plus.

Thomas enfonça les mains dans ses poches et fixa le sol.

– Ça doit faire à peu près un mois. Elle l'a mal pris et je n'ai plus entendu parler d'elle depuis.

Son air implorant ne fit qu'accentuer la colère d'Ariana.

– C'est fini, tu sais ! enchaîna-t-il. Je te le jure. Je ne t'en ai pas parlé parce que j'ai cru que c'était sans importance. Je ne sais pas pourquoi tu…

– Parce qu'elle sait ! hurla Ariana. Elle sait tout !

Thomas recula, heurtant la bouteille cassée qui explosa par terre et projeta des morceaux aux quatre coins de la chambre.

– Quoi ? Qu'est-ce que tu racontes ?

– Elle nous a vus ensemble, souffla Ariana.

Elle venait de réaliser que quelqu'un risquait de l'entendre crier. Il ne manquerait plus qu'elle se fasse pincer dans la chambre de Thomas.

– Elle sait qu'on a couché ensemble ; elle sait pour Sergueï.

Les larmes lui montèrent aux yeux.

– Elle m'a menacé de tout dire à Daniel si je ne te quittais pas. Et d'aller trouver la police…

– Tu déconnes !

Thomas se prit le visage entre les mains.

– Attends, laisse-moi réfléchir.

Il sauta de son bureau, marcha de long en large dans la chambre. Le verre brisé craquait sous ses chaussures.

– Comment tu l'as… Où est-ce qu'elle t'a trouvée ?

– En ville.

Ariana était lessivée. Respirer lui demandait un effort surhumain. Elle se laissa tomber à plat ventre sur le lit, le visage dans l'oreiller. Pour une fois, l'odeur familière de Thomas ne lui procurait aucun soulagement.

Les yeux fermés, elle lui rapporta tout ce que lui avait dit Mel. Sauf, bien sûr comment Sergueï était mort.

– Et crois-moi, elle ne bluffe pas, conclut-elle.

– Quelle garce ! Comment a-t-elle appris, pour nous ?

– Je ne sais pas, mais elle nous a suivis tout le week-end. C'est d'ailleurs surprenant que Sergueï et elle ne se soient pas télescopés dans...

Soudain, la vérité frappa Ariana comme un coup de massue. Elle venait de comprendre comment Mel avait appris qu'ils sortaient ensemble.

– La boutique North Face...

– Quoi ?

– Elle était dans la boutique, ce soir-là. Quand je cherchais un truc pour Daniel et que tu m'as surprise... Je me rappelle sa voix. Tu allais m'embrasser et...

Thomas comprit soudain :

– C'est elle qui s'est cognée dans le portant !

– Je savais que je connaissais cette voix. Elle s'est excusée. Ça doit être la première fois qu'elle nous a vus.

– Comment as-tu fait pour reconnaître sa voix ce soir, alors que je ne l'ai même pas reconnue dans la boutique ?

– J'ai la mémoire des détails. Mais c'est sans importance. La vraie question, c'est « qu'est-ce qu'on fait ? ».

– Aucune idée.

Thomas continua à arpenter la pièce, de plus en plus vite. Il semblait à la fois effrayé et furieux.

– Si elle parle, je perds tout. Easton, mon héritage…

Il s'arrêta devant la porte et abattit son poing contre le panneau.

– Thomas, arrête !

Ariana sauta du lit et lui saisit le bras. Une petite voix dans sa tête lui disait qu'il ne semblait pas se soucier de la perdre, elle. Elle décida de l'ignorer.

Thomas libéra son bras, mais elle se glissa entre la porte et lui, le défiant du regard. Elle sentait qu'il s'éloignait d'elle, qu'il lui échappait. Et tout ça, à cause de Mel.

– C'est ma faute, lâcha-t-il d'une voix fêlée.

– Non !

Ariana glissa les mains derrière la nuque de Thomas. Il était en nage.

– Ne dis pas ça.

– Pourquoi pas ? fit-il en se dégageant. C'est la vérité, non ? Rien ne serait arrivé si je n'avais pas déconné avec elle. Je ne peux pas me faire renvoyer !

Il soupira. Ariana nota avec satisfaction qu'il se calmait. Elle avait le pouvoir de l'apaiser. Il lui faisait confiance. Il l'aimait. Il était juste bouleversé, car il savait que Mel pouvait leur nuire.

– Il faut faire quelque chose, déclara-t-elle.

– D’accord, mais quoi ? Cette fille est folle. Tu dis qu’elle t’a demandé de me quitter ?

– Ouais.

– Dans ce cas, il ne faut surtout pas qu’elle nous voie ensemble.

Il pencha la tête vers elle, effleura sa main.

– De toute façon, on avait prévu d’être séparés cette année. Il faudra être encore plus prudents quand on se verra.

Il avait beau essayer de la rassurer, elle n’était pas dupe. Ils avaient décidé de s’aimer en cachette cette année, mais d’être officiellement ensemble l’an prochain, après le départ de Daniel. Pourquoi Thomas ne parlait-il pas de l’an prochain ? Pourquoi ne réfléchissait-il pas à un moyen de mettre Mel hors d’état de nuire ?

Elle scruta ses yeux. Ils étaient vides, sans expression.

– Oui, admit-elle. On peut faire comme ça cette année. Mais…

Elle le sentit tressaillir et se figea. Elle connaissait assez bien Thomas désormais pour interpréter ses réactions. Elle devina qu’il ne s’afficherait jamais avec elle tant que Mel serait dans les parages. Il avait compris qu’elle était dangereuse et il voulait protéger Ariana parce qu’il l’aimait. Même s’il devait s’éloigner d’elle. Et cela, Ariana ne voulait pas en entendre parler.

Soudain très calme, elle se dirigea vers la porte. Thomas lui barra le chemin.

– Où tu vas ?

– Je rentre à Billings. Noëlle va se demander où je suis. Ou pire : Paige.

– On se voit plus tard ?

– D'accord.

– Attends !

Thomas la retint par le bras et l'attira contre lui.

– Ça va ?

Elle ouvrit la porte et jeta un coup d'œil dans le couloir. Il était désert.

– Oui, ça va.

C'était vrai. Elle était relativement sereine comparée à Thomas, qui semblait soudain tellement angoissé, tellement vulnérable…

Elle comprit qu'elle devait prendre les choses en main pour le protéger. Pour lui éviter de craquer.

Après tout, n'était-ce pas cela, l'amour ?

De sang-froid

Ariana empoigna la clôture grillagée, se félicitant d'avoir enfilé les gants douillets que Noëlle lui avait offerts à son retour de vacances. Au moins, elle avait les mains au chaud. À travers le brouillard, elle repéra la double porte, au sommet de l'escalier. Sur le linteau délabré étaient gravés les mots LYCÉE D'EASTON, ainsi que la date : 1935. Du lichen s'était infiltré dans les entailles, donnant aux lettres une couleur verte. À part le drapeau américain effiloché qui claquait dans le vent, la cour de l'établissement était silencieuse. Déserte.

Une voiture passa en vrombissant, pare-choc chromé, portières cabossées, pot d'échappement percé. Ariana consulta sa montre. Au même instant, une sonnerie agressive retentit. Les portes s'ouvrirent, et un flot d'élèves se déversa dans l'escalier. Ariana les regarda s'éparpiller dans la cour, puis dans la rue, sourde à leur vacarme. Elle chercha un visage familier dans la foule. Cette fois, ce serait différent ; ce serait elle qui prendrait Mel par surprise.

Malgré sa vigilance, elle faillit la manquer. Elle portait un jean et le même blouson de cuir que la veille. La même écharpe sombre autour du cou. Elle descendit les marches à la hâte, la tête baissée. Ariana se détourna au moment où elle franchit le portail. De petits groupes d'élèves s'attardaient dans la cour, bavardaient et riaient. Mel slaloma entre eux sans leur accorder un regard et s'éloigna dans la rue, évitant les herbes qui poussaient dans les anfractuosités du trottoir.

– Salut !

Ariana leva les yeux, surprise. Un grand gaillard en pantalon de treillis lui barrait la route. Une cigarette encore éteinte pendait à sa lèvre. Derrière lui, ses copains ricanaient.

– Quoi ? fit-elle en surveillant Mel, qui s'éloignait à grands pas.

– T'as du feu ? lui demanda le garçon.

– Non. Je ne fume pas.

– Tant pis.

Il rangea la cigarette dans sa poche.

– T'es nouvelle, ici ?

– Plus ou moins…

Mel traversa la rue, puis le parking de la station-service qui faisait l'angle. Si Ariana ne se pressait pas, elle allait la perdre de vue. Elle contourna le pot-de-colle en treillis, traversa à son tour en courant et ne ralentit qu'en arrivant sur le parking. Mel n'était plus très loin.

À une centaine de mètres de la gare, elle bifurqua dans une ruelle bordée de maisons délabrées. Elle ouvrit la grille de la dernière de la rue et gravit le perron. Ariana l'observa, cachée derrière un arbre.

Mel sortit une clé de son sac à dos et l'introduisit dans la serrure. Ariana, soulagée, se laissa aller contre l'écorce rugueuse avec un petit sourire.

La fille était seule.

Dès que la porte claqua, Ariana se faufila dans la cour. Elle touchait au but. Il n'y aurait bientôt plus d'obstacle entre elle et Thomas. Plus d'entrave à leur bonheur.

Elle tourna lentement la poignée. Thomas avait quitté Mel, mais cette folle était convaincue de pouvoir le reconquérir. Qu'ils étaient faits l'un pour l'autre. Elle refusait d'admettre que tout était fini entre eux. Que Thomas aimait Ariana. Il l'avait dit clairement, mais Mel refusait de l'entendre.

Pour un peu, Ariana l'aurait plainte.

La porte s'ouvrit en grinçant. Ariana cligna des paupières pour tenter d'accommoder ses yeux à l'obscurité, en vain. Elle s'avança le dos contre le mur, à tâtons.

La porte claqua. Ariana sursauta et se raidit, l'oreille aux aguets. Elle ne perçut que le chuintement des radiateurs et le son de sa propre voix dans sa tête, qui donnait des ordres à son corps.

Elle se plaqua contre le mur. Le sang battait dans ses tempes et des gouttes de sueur perlaient sur son visage. Soudain la paroi derrière elle disparut. Elle pivota et se retrouva dans un couloir faiblement éclairé. De la lumière filtrait sous une porte, tout au fond. Elle s'y engagea, examinant au passage des photos encadrées : portraits d'enfants, photos de mariage… Un cliché de Mel posant avec raideur, sans doute en classe.

Arrivée devant la porte, Ariana saisit la poignée si brutalement qu'elle se fit mal malgré son gant.

Elle tourna lentement le bouton et entra dans la pièce, aussi impeccablement rangée que sa chambre à Billings. Mel était allongée sur son lit, au centre de la chambre. Elle écoutait de la musique, les yeux fermés, une de ses jambes pendait par terre et son pied battait la mesure. Une lampe de chevet allumée à sa gauche éclairait la scène. À droite, sur une vieille commode, trônaient quelques photos et un haut-de-forme en plastique noir orné d'un bandeau brillant « Bonne année ». Un meuble informatique jouxtait la commode.

Ariana referma la porte et s'avança jusqu'au pied du lit, remarquant au passage un cliché qu'elle n'avait pas vu depuis la porte. Thomas, en tenue de footballeur, posait sur le terrain, un ballon sous le bras. Elle se mordit la joue pour ne pas hurler. Alors qu'elle se penchait sur le lit, son corps projeta une ombre sur le corps de Mel, qui ouvrit les yeux. Elle les écarquilla quand Ariana plaqua une main sur sa bouche, étouffant son cri. Ariana lui arracha ses écouteurs et jeta l'iPhone par terre. Mel se débattit.

– Tais-toi ! Tais-toi, et je te lâche. Je veux juste te parler.

Mel hocha la tête en silence. Son corps se détendit. Ariana retira la main et recula d'un pas.

– Ne bouge pas ! la prévint-elle.

– Qu'est-ce que tu veux ?

Mel rampa vers le mur sans cesser de fixer Ariana. Sous sa colère feinte, cette dernière décela de la peur. Elle sourit. Elle n'éprouvait plus ni hargne ni fureur envers sa rivale. Elle était en position de force.

– Tu sais ce que je veux, répondit-elle. Je veux Thomas.

Elle s'approcha de la lampe de chevet ; son pied, un cylindre en bois, était fendu. Du bout de l'index, elle suivit une fente ; la laine de ses gants s'accrocha aux petites aspérités.

– Tu as cherché à me le prendre… Mais puisque tu me connais si bien, tu dois savoir que je ne vais pas me laisser faire, Melissa.

Mel s'empourpra, sa respiration devint sifflante.

– Tu me l'as volé, lâcha-t-elle de sa voix rauque. Il est à moi et…

– Plus maintenant ! Il n'est plus à toi. Et il ne veut plus de toi, après tout ce que tu lui as fait. Après ce que tu nous as fait…

Son pouls s'accélérait. Elle prit le temps de se calmer avant de poursuivre.

– Tu nous as épiés, tu nous as fait chanter, tu as volé cette photo de moi…

– Non ! Ça, ce n'est pas moi, se défendit Mel en empoignant sa couverture. C'est ce mec… Il est entré dans ta chambre pour la prendre. Je l'ai vu.

– Menteuse ! Sergueï était innocent. Il ne t'a jamais fait aucun mal, et tu l'as tué.

– Moi, je l'ai tué ? s'esclaffa Mel. On dirait que tu as oublié un détail, Ariana. Le moment où il t'a suppliée de l'aider. Le moment où tu lui as enfoncé la tête sous l'eau, juste avant de mentir à Thomas. Et c'est moi la menteuse ?

Ce changement de ton exaspéra Ariana. Elle avait menti à Thomas par obligation. Elle lui avait caché la vérité sur la mort de Sergueï pour le protéger. Ses mains se mirent à trembler.

– Et toi, tu crois que Thomas voudra encore de toi quand il saura ce que tu as fait à ce garçon ? ricana Mel. Tu crois qu'il voudra vivre avec une criminelle ?

Elle se pencha vers Ariana, l'air féroce.

– Il te quittera ! Comme il m'a quittée !

– Non !

Ariana saisit la lampe par le pied et se précipita vers le lit. L'obscurité engloutit la pièce lorsque la prise s'arracha du mur.

En un instant tout fut fini. Et Ariana sentit une paix profonde l'envahir.

I.L.L.É.G.A.L

– Je suis au courant, chuchota Isobel à la fin du cours de M. Holmes, le lendemain. Je sais ce que tu as fait pendant les vacances…

Ariana sursauta. Impossible ! Personne ne savait ce qui s'était passé. À moins que… Elle avait bien percé le vilain petit secret de sa camarade. La réciproque pouvait-elle être vraie ?

Ses oreilles se mirent à bourdonner. Le professeur parlait en montrant le tableau, mais elle n'entendait pas un mot de ce qu'il disait.

– De quoi tu parles ?

Elle coula un regard vers Paige, qui composait un texto sur son Blackberry. Elle n'avait rien entendu.

– Ne fais pas l'innocente, insista Isobel. Noëlle m'a tout dit.

Noëlle ? Ariana déglutit péniblement. Son amie savait toujours tout ce qui se passait sur le campus. Mais cette fois, Ariana avait pris ses précautions. Elle n'avait rien laissé filtrer.

– Noëlle est au courant ?

Isobel hocha vigoureusement la tête.

– Je l'ai croisée au Platinum à la fin des vacances. Il a suffi d'un Martini et demi pour qu'elle crache le morceau. C'est bête, hein ?

Ariana cligna des yeux ; elle était au bord de l'évanouissement.

– Alors, comment tu t'y es prise ? enchaîna Isobel avec une grimace diabolique.

Comment pouvait-elle être aussi blasée ? Voyant que M. Holmes les regardait, Ariana ouvrit sa trousse et fit semblant d'y chercher un stylo.

– Moi, la première fois, c'était avec Jordan Krauss, reprit Isobel sur le ton de la confidence. Il était en terminale l'an dernier. Je lui ai laissé carte blanche. Un peu chiant mais assez efficace.

Ariana comprit enfin :

– Tu parles de Daniel et moi ? chuchota-t-elle.

– OK, continue à jouer les innocentes pour l'instant. Mais j'exige un compte rendu détaillé dès ce soir.

Soulagée, Ariana pouffa de rire.

– Mademoiselle Osgood ? J'espère que je ne vous dérange pas ?

Elle redressa brusquement la tête. Le professeur la toisait, l'air moqueur.

– Non, dit-elle tout bas.

Elle fixa ses genoux, les joues en feu. M. Holmes l'avait rappelée à l'ordre devant toute la classe, sans même mentionner le fait qu'Isobel parlait aussi. Apparemment, ce qu'elle avait appris avec Jordan Krauss lui procurait une totale immunité.

– Bien, fit M. Holmes en desserrant sa cravate. Je disais donc que nous allions commencer *Les misérables* de Victor Hugo la semaine prochaine. Préparez-vous à commenter la préface et les cinq premiers chapitres.

Il contourna son bureau et tira un épais dossier de sa serviette.

– Ce sera tout pour aujourd'hui. Je vous rends vos travaux sur *Madame Bovary* et je vous libère…

Il fit glisser le paquet sur le bureau et prit le premier devoir de la pile.

– Aldridge ?

Des murmures emplirent la salle. Ariana se tourna vers Isobel :

– Et toi, tu as passé des vacances sympas ?

– Sûrement moins que toi, ricana-t-elle. Je me suis fait couper la frange…

Elle repoussa d'un doigt la mèche qui lui barrait le front.

– Sinon, j'ai accompagné mes parents à des cocktails. Le seul truc sympa, c'est que Jack est venu.

Elle baissa la voix, un sourire mutin aux lèvres.

– C'est fou comme une petite escapade dans la penderie entre la salade et le fromage fait passer le repas plus vite.

Elle sortit un tube de gloss de sa trousse en riant.

– Amusant, commenta Ariana en la regardant se remaquiller. Quoi d'autre ?

– Rien, fit Isobel, l'innocence même.

Ariana tenta de masquer son dégoût. Isobel Bautista était un concentré de tout ce qui clochait à Easton. Irréprochable vue de l'extérieur, mais totalement corrompue à l'intérieur.

– Osgood.

M. Holmes lança le devoir d'Ariana sur le bureau. Elle le saisit juste avant qu'il ne tombe par terre, le retourna et regarda la note griffonnée en rouge sur la première page. C^+. Elle serra les dents. Isobel ferma son gloss et se leva.

– On y va ?

– Tu as récupéré ton devoir ? se renseigna Ariana.

– J'ai un A, dit-elle en fourrant les feuilles dans son sac.

Elle rit et enfila son manteau Miu-Miu couleur prune.

– Ça vous dit d'aller prendre un café ? proposa Paige en les rejoignant.

– Avec plaisir ! gloussa Isobel. Ariana allait justement me raconter ses vacances coquines…

Elle plaqua une main sur sa bouche une seconde trop tard. Ariana rougit violemment.

– Épargne-moi les détails, dit Paige avec dédain. Je te rappelle que tu parles de mon frère.

– Je… j'avais oublié, bredouilla Isobel.

– C'est clair, bâilla Paige. C'est bon, on peut y aller ?

Ariana jeta un dernier coup d'œil à son devoir. C+. De toute sa scolarité, elle n'avait jamais eu une note aussi médiocre. Et M. Holmes avait la réputation de noter large. Quelle injustice !

– Ariana ? fit Isobel en lui posant une main sur le poignet.

– Allez-y, je vous rejoins. J'ai un truc à demander à M. Holmes.

Isobel haussa un sourcil.

– On t'attend, si tu veux.

– Non, ce n'est pas la peine. Je vous retrouve à Billings.

– D'accord.

Le portable de Paige sonna. Elle le colla à son oreille et sortit à la hâte.

– Ne traîne pas, lança Isobel à Ariana, avant d'emboîter le pas à son amie. J'attends toujours ton compte rendu…

Ariana eut un petit rire forcé.

– Tu l'auras !

– Super !

Isobel glissa sa serviette sous son bras et s'éloigna. En passant devant le bureau, elle ralentit et effleura le bois de l'index. Pathétique ! Cette idiote se croyait vraiment plus maligne que les autres ! Et Holmes aussi… Grossière erreur !

Ariana attendit que tous les élèves soient sortis pour enfiler son manteau, rassembler ses livres et marcher vers le tableau. M. Holmes, concentré sur ses mots croisés, parlait tout seul. Ariana se campa devant le bureau et attendit. Au bout de quelques minutes, il leva les yeux, surpris.

– Mademoiselle Osgood ? Ne me dites pas que vous venez me donner un mot de six lettres répondant à la définition de pierres précieuses…

Il glissa son stylo dans la poche de sa chemise et sourit.

– Joyaux.

Ariana lâcha sa copie, qui flotta au-dessus du bureau avant de se poser sur le journal.

– Vous m'avez mis un C+.

M. Holmes se redressa en soupirant et feuilleta le devoir.

– Vous méritiez un C+. Ce n'est pas votre meilleur travail, Ariana, vous le savez aussi bien que moi. Je devais me montrer juste.

– Juste ?

Elle chercha le portable dans son sac. Le professeur hocha la tête.

– Je suis sûr que vous vous rattraperez avec *Les Misérables*... Et rassurez-vous, vous avez toujours A au premier semestre.

Il sourit, posa les mains sur ses genoux.

– Vous aviez d'autres questions ?

Ariana secoua la tête en lui présentant son portable.

– Je me demandais seulement... Un mot de sept lettres pour : « rapports sexuels avec une élève de dix-sept ans » ?

Elle pressa sur le bouton sur le côté du téléphone et sourit lorsqu'elle entendit la voix de M. Holmes scander le prénom d'Isobel.

– Stop ! Arrêtez ça ! s'étrangla le professeur.

– Dommage. On arrivait au meilleur moment.

Elle mit la vidéo sur « pause » et le fixa en battant des cils.

– Ah, voilà, j'ai le mot ! claironna-t-elle. I.L.L.É.G.A.L.

M. Holmes était livide.

– Où avez-vous trouvé ça ?

– Est-ce que ça compte vraiment ?

Il secoua lentement la tête.

– Non, vous avez raison.

Il tira un stylo de sa poche, barra le C+ et gribouilla un grand A rouge au milieu de la page. Il lui rendit son devoir sans la regarder.

– Merci. Vous corrigerez aussi votre cahier de notes, je suppose...

– Bien sûr.

– Le pire, c'est que j'ai beaucoup aimé le livre, dit-elle, en fourrant le devoir dans son sac. Ça me parle vraiment.

Il opina, le regard toujours baissé :

– J'en suis ravi. Je peux faire autre chose pour vous ?

– Ce sera tout pour l'instant…

Elle continua de le fixer quelque temps, se demandant s'il aurait le cran de lever les yeux. Négatif.

– Je vous tiendrai au courant, conclut-elle.

Elle laissa tomber le portable dans son sac. Avant de sortir, elle jeta un dernier regard à M. Holmes. Il était voûté sur son bureau, les mains dans les cheveux. Anéanti. Mais Ariana ne se sentait absolument pas coupable. Il n'avait que ce qu'il méritait.

Des promesses

Le soir, Ariana se précipita à Mitchell Hall quelques minutes avant la fin du cours d'histoire de M. Barber. Elle monta les marches deux à deux et poussa vigoureusement les portes battantes. Le couloir était vide, mais des raclements de chaises et des rires résonnaient à l'une de ses extrémités. Elle se remit en marche d'un pas nonchalant – une fille Billings ne court pas dans les couloirs – et s'arrêta devant la dernière salle sur la gauche.

La porte, entrouverte, laissait filtrer des voix. Ariana eut une bouffée de chaleur en reconnaissant celle de Thomas. Il serait fou de joie lorsqu'il apprendrait la nouvelle.

Elle entortilla une mèche de cheveux sur son index et sourit. Elle avait réglé le problème. Finalement, tout se passait comme prévu. Elle pourrait vivre heureuse avec Thomas jusqu'à la fin des temps.

La porte s'ouvrit et Ariana s'écarta légèrement. Des élèves sortirent en la frôlant. Elle se colla contre le mur, cherchant Thomas dans la cohue. Elle l'aperçut enfin, un ballon de foot sous le bras. Alors qu'il levait le ballon au-dessus de sa tête, son voisin frappa dedans. Thomas lui donna une bourrade.

– Rends-moi ça !

Il récupéra le ballon et attendit que le reste de sa classe se disperse. Puis il s'éloigna en dribblant.

Ariana adorait observer Thomas à son insu. Il y avait quelque chose de vulnérable en lui que personne ne remarquait. Pour ses camarades d'Easton, c'était un tombeur, une canaille. Le riche héritier d'une famille déglinguée. Mais Ariana avait vu le vrai Thomas Pearson. Elle l'avait vu dormir, le visage complètement détendu, avait remarqué sa manie de fourrer les mains dans ses poches quand il était inquiet. Sa façon de sourire tout seul quand il ne se savait pas observé.

Elle se faufila derrière lui et plaqua les mains sur ses yeux

– Qui c'est ? chuchota-t-elle, la bouche contre son oreille.

Thomas se retourna, surpris.

– Qu'est-ce que tu fais là ?

Il récupéra le ballon par terre.

– On dirait que tu n'es pas content de me voir, observa Ariana.

– Non, ce n'est pas ça…

Il la prit par le poignet, l'entraîna dans une salle vide et ferma la porte. Puis il se tourna vers elle, l'air sérieux.

– Tu devrais être plus prudente. Tu sais comme les ragots circulent vite ici. Et avec Melissa…

– Melissa n'est plus un problème, le coupa Ariana, tout sourire.

Thomas cligna des yeux.

– Je ne comprends pas. Hier, elle te terrorisait…

– C'était hier, répondit calmement Ariana en traçant un petit cœur du bout du doigt sur un pupitre. Ta petite amie ne nous causera plus d'ennuis. Je me suis occupée d'elle.

Loin de paraître soulagé, Thomas crispa les mâchoires et esquissa un mouvement de recul.

– Comment ça, tu t'es « occupée d'elle » ? Qu'est-ce que tu as fait, Ariana ?

Elle fixa ses baskets sales sans comprendre. Pourquoi avait-il reculé ?

– Peu importe, dit-elle avec un geste vague. Tout ce qui compte, c'est qu'elle est hors d'état de nuire. On peut de nouveau être ensemble.

Elle tendit la main vers Thomas, qui esquiva son geste. Elle faillit pleurer de dépit. Pourquoi Thomas était-il fâché ? Il aurait dû être soulagé. Reconnaissant. Ne comprenait-il pas ce qu'elle avait fait pour lui ? Pour eux ?

– Qu'est-ce que tu lui as fait ? Merde ! hurla-t-il.

Le cœur d'Ariana cessa de battre. Thomas lui faisait peur.

– Je… j'ai fait ce que j'avais à faire. Elle allait tout gâcher, Thomas. Et maintenant…

– Ce que tu avais à faire ? Mais tu es complètement débile, Ariana !

Son visage était déformé par la peur et la colère.

– Et la police ? À qui crois-tu qu'ils vont s'en prendre ? Je suis le suspect numéro un !

Ariana avait du mal à respirer. Elle n'avait jamais vu Thomas aussi furieux.

– Mais non. J'y ai réfléchi. Tu as un alibi. Tu étais en cours. Quinze personnes pourront en témoigner.

Thomas la fixa, les narines dilatées.

– Tu en es sûre ?

– Certaine.

Il inspira profondément et souffla en fixant le sol.

– Et toi ? C'est quoi, ton alibi ?

– Personne ne me demandera rien. Je n'ai aucun lien avec cette fille.

– Mais s'ils t'interrogent malgré tout ? Si quelqu'un se rappelle vous avoir vues ensemble le jour où elle est venue te parler ? Qu'est-ce que tu feras ?

Ariana sourit. Thomas s'inquiétait pour elle. Il s'était emporté parce qu'il avait peur. Peur pour elle. Peur pour eux. Parce qu'il l'aimait.

– J'étais à la bibliothèque avec Noëlle. Je suis allée chercher un livre et vérifier un truc sur Internet. Je suis revenue au bout d'une heure seulement, mais elle ne s'en souviendra pas. Elle se rappellera juste qu'on a travaillé ensemble. Elle dira que j'étais avec elle.

Thomas opina de la tête lentement, mais garda ses distances. Comment pouvait-il supporter d'être aussi loin ?

– J'ai fait ça pour nous, Thomas. Tu le sais. Si quelqu'un avait appris ce qu'on a fait au début des vacances… Si jamais Mel avait parlé… Ç'aurait été la fin. Pour nous. Pour toi à Easton. Pour ma mère.

Thomas mit une éternité à la regarder. Mais quand il se décida, il n'y avait plus aucune trace de colère dans ses yeux. Il avait compris. Il la comprenait toujours mieux que personne. Il savait que rien ne l'arrêtait quand elle voulait quelque chose.

Il prit son visage entre ses mains et la regarda dans les yeux.

– Excuse-moi d'avoir réagi comme ça. Tout ira bien.

– Tu n'es pas en colère, alors ? demanda Ariana, soulagée. On s'en tient à notre plan ?

Thomas avala sa salive. Son expression était indéchiffrable.

– Oui, déclara-t-il fermement. On s'en tient à notre plan.

Ariana reprit confiance.

– Tant mieux. J'ai tellement hâte d'être avec toi… Je veux dire, officiellement.

Elle ferma les yeux et l'embrassa tendrement sur les lèvres.

– Je t'aime, Thomas.

Elle attendit sa réponse, qui ne vint pas. Elle rouvrit les yeux. Il regardait derrière elle, mais se reprit aussitôt.

– Moi aussi, je t'aime.

Ariana respira. Bien sûr qu'il l'aimait. Elle le savait.

– Et l'an prochain, quand les choses se seront tassées, on sera ensemble. Pour de bon.

Il tripota sa chaîne en or et passa son pouce sur le jeton de métro qu'il lui avait offert.

– Promis.

Ariana acquiesça, heureuse. Prise d'une soudaine résolution, elle détacha la chaîne de son cou et fit tomber le jeton dans la poche de Thomas. Elle ne voulait pas que Daniel l'interroge sur cet objet insolite. Thomas pourrait le lui rendre l'an prochain. Le mois de septembre lui semblait à des années-lumière, mais elle était confiante. Ils étaient faits l'un pour l'autre.

Ce n'était pas la fin. Ce n'était que le début.

Épilogue
Septembre, année de terminale

Ariana patientait, immobile, au milieu d'une foule en effervescence. Les élèves de l'académie d'Easton déambulaient en riant, s'échangeant des textos par iPod ou Blackberry interposés. Personne ne prêtait attention à elle : elle faisait partie du paysage, comme ces vieilles bâtisses du campus, silencieuses et secrètes.

– Ariana, tu viens ? lui lança Noëlle.

Elle cligna des yeux, arrachée à sa rêverie.

– Quoi ?

– Si on arrive en retard, l'une de nous va devoir énumérer tous les livres qu'elle a lus cet été, et ce n'est pas moi.

– Vas-y, je te rattrape.

Noëlle haussa les épaules.

– Tu l'auras voulu !

Elle tourna les talons et slaloma entre des groupes d'élèves de troisième et seconde, qui s'égaillaient devant elle comme des moineaux effarouchés.

Ariana secoua la tête et soupira. Par moments, il lui semblait que Noëlle ne la connaissait pas mieux que les autres. Elle avait eu la même impression avec Daniel l'an dernier, quand ils sortaient ensemble. Elle avait beau avoir de nombreux amis, être entourée et enviée, elle était toujours seule. Invisible.

Heureusement, il y avait Thomas. Il était le seul à la connaître vraiment. Il n'y avait qu'à voir la façon dont il la regardait quand ils se retrouvaient à Gwendolyn Hall, avec ce mélange d'attirance et de fascination. Et d'amour.

Elle avait imaginé leurs retrouvailles jusque dans le moindre détail. Il la soulèverait dans ses bras au milieu de la cour carrée, aux yeux de tous, et la ferait longuement tournoyer. Finies les rencontres furtives dans des sous-sols et des coins sombres. Ils n'auraient plus besoin de se cacher. Ils seraient enfin un couple comme les autres.

Ariana cessa de respirer quand elle l'aperçut enfin, à l'angle de la cafétéria. Elle sourit en voyant ses cheveux en bataille, son sourire en coin. Il s'arrêta près de la porte, s'adossa au mur avec sa nonchalance habituelle. Ariana leva la main pour lui faire signe.

Au même instant, Reed Brennan, une nouvelle, sortit de la cafétéria accompagnée d'une camarade, une jolie rousse. Thomas se décolla du mur et leur emboîta le pas en fouillant dans sa poche. Il en sortit quelque chose qu'il montra à Reed. Un petit morceau de métal brillant. Ariana plissa les yeux, éblouie par le soleil. Elle mit un certain temps à comprendre de quoi il s'agissait.

C'était un jeton de métro. Le même que celui qu'il lui avait donné.

Une chaleur soudaine lui empourpra le visage. Elle tira sur la chaîne où elle avait passé le jeton l'an dernier, juste à côté de sa fleur de lys. Tout l'été, elle avait imaginé le jour où il lui rendrait cette médaille, symbole de leur relation. Et voilà qu'il la manipulait négligemment en souriant à Reed. En la draguant ouvertement...

Comment était-ce possible ? Thomas l'aimait. Elle en était sûre.

Pourtant, ses yeux ne la trompaient pas. Elle vit Reed piquer un fard. Thomas continuait à plaisanter avec elle. Ariana était assez proche pour déceler, dans son regard, un mélange de fascination et d'attirance.

Une rage brûlante l'aveugla. Comment pouvait-il s'intéresser à cette fille de seconde insignifiante. Il y avait un malentendu, forcément.

« Il m'aime. Il a patienté tout l'été pour être avec moi. »

Lorsque Thomas offrit le jeton à Reed, le monde d'Ariana s'écroula. Il enfonça les mains dans ses poches et recula, sans cesser de sourire. Puis il quitta Reed et s'avança vers Ariana, un sourire conquérant aux lèvres. Dash et Gage vinrent à sa rencontre. Ils traversèrent la cour en la frôlant presque.

Il fallait faire quelque chose pour arrêter ce massacre ! Reprendre la situation en main.

– Thomas ! appela-t-elle, tendue.

Il ne la vit pas. Ou feignit de ne pas la voir. Qu'importe ! La douleur était la même.

Soudain, les mots que Mel avait prononcés au restaurant lui revinrent en mémoire : « On était ensemble. Tout allait bien. On s'aimait. Puis un jour, il m'a dit qu'il m'aimait encore, mais que les choses devenaient trop compliquées entre nous... Et il t'a trouvée. »

Ariana chercha la nouvelle des yeux. Encore toute rose, elle montrait le jeton à son amie.

Une sensation désagréable, douloureusement familière, l'envahit. Thomas la quittait comme il avait quitté Mel. Comment avait-elle pu être aussi naïve ? Aussi stupide ? Même Thomas ne voulait plus d'elle. Après tout ce qu'elle avait fait pour lui, il la quittait sans un mot, sans un regard, sans un baiser d'adieu.

Enfin, peut-être suffirait-il de lui rafraîchir la mémoire. Les garçons sont inconstants, c'est bien connu. Surtout Thomas. Après un été loin d'elle, il avait besoin qu'elle lui rappelle ce qu'ils avaient partagé. Cette Reed n'était qu'une passade. Un caprice. Après l'avoir assouvi, il lui reviendrait. Elle en était sûre.

Mais elle devrait patienter encore. Or, elle avait déjà rongé son frein tout le printemps, elle n'en pouvait plus d'attendre.

À quelques mètres de là, Reed leva les yeux et croisa ceux d'Ariana. Elle lui adressa un sourire hésitant.

Ariana la toisa avec indifférence, remarquant au passage que le col de sa veste était élimé.

Quelqu'un regretterait-il cette fille, si elle disparaissait ?

Cet ouvrage a été mis en pages
par DV Arts Graphiques à la Rochelle

Impression réalisée par

CPI
BRODARD & TAUPIN

La Flèche

en décembre 2011
pour le compte des Éditions Bayard

Imprimé en France
d'impression : 67127